Etoile

Marie-Claude Pietragalla

Étoile

tome 5 : L'Envol

Sur une idée d'Olivia de Dieuleveult
et avec la collaboration de Kidi Bebey

Michel Lafon

118, avenue Achille-Peretti – CS 70024
92521 Neuilly-sur-Seine Cedex

www.lire-en-serie.com

Loi n°49-956 du 16 juillet 1949 sur les publications destinées à la jeunesse

Dès son plus jeune âge.
Marie sait qu'elle veut danser.
Elle va vivre sa passion pour
la Danse, dans l'une des plus
belles institutions françaises,
l'Opéra de Paris.
L'apprentissage sera long, mais
la route est belle, parsemée de
rencontres, d'aventures et d'émotion.

Très bonne lecture.

M C Pichiagalla

Résumé du tome 4
Pas de deux

Après une trêve bien méritée en Corse, où elle a retrouvé sa famille et Tina, sa meilleure amie, l'heure a sonné pour Marie de retrouver l'Opéra. En pleine forme, la jeune fille est prête à prouver à tous ses camarades – mais surtout à ses illustres professeurs – de quoi elle est capable. D'ailleurs, elle n'a pas le temps de rêvasser : Claude Bessier, la directrice, annonce qu'un film est en préparation et que des petits rats seront auditionnés pour apparaître à l'écran ! Ce casting est une chance unique pour se faire un nom et d'explorer un univers en dehors des planches de l'Opéra, hors de question de passer à côté de cette opportunité.

Mais les jeunes danseurs ont un autre défi à relever ce semestre-là : ils doivent apprendre à danser avec un partenaire. Cette perspective terrifie la timide Marie, qui se retrouve à danser avec l'insupportable Bertrand, alors qu'Aurore Bessier, sa pire rivale, forme un duo avec le beau Lancelot…

Dans les dortoirs, l'ambiance n'est pas toujours à la fête non plus : Marie découvre ses premiers boutons d'acné, et Émilie se trouve trop ronde – et les adultes qui l'entourent, au lieu de chercher à la rassurer, accentuent son mal-être à travers diverses remarques mal placées. Même si les jeunes filles se serrent les coudes, la vie à l'Opéra n'est pas la partie de plaisir qu'elles avaient pu imaginer…

Marie décide alors de concentrer toute son énergie sur le casting et rêve déjà de devenir une star, comme ses idoles de *West Side Story*. Quelle ne fut pas sa déception quand elle réalisa qu'en fait, il ne s'agissait pas du tournage d'un film, mais d'une simple publicité ! En plus, elle se voit refuser le rôle à cause des boutons qui la complexaient tant. Plutôt que de se laisser abattre, elle se lance un nouveau défi : elle va créer, en secret, un duo avec Lancelot. Car il n'y a qu'avec lui qu'elle ait vraiment envie de danser, qu'avec lui qu'elle ressent cette alchimie !

Quand arrive la fin de l'année scolaire et l'annonce des résultats, les sentiments sont partagés : Marie et Elsa sont admises en seconde division dès la prochaine rentrée ! En revanche, Émilie doit renoncer à ses rêves de ballerine. Les chemins des jeunes filles se séparent donc ici, mais peut-être que cela laissera la place à de nouvelles amitiés…

Les personnages

Marie Pietro : La jeune fille évolue au sein de la prestigieuse institution de l'Opéra de Paris. Chaque jour rapproche un peu plus le « petit rat » de son grand rêve : devenir danseuse étoile !

Tina : La meilleure amie de Marie habite en Corse. À la suite d'un grave accident de cheval, la jeune fille a perdu l'usage de ses jambes, mais pas son sens de la repartie ! Elle et Marie passent des heures au téléphone, à se raconter leurs aventures respectives.

Elsa Golovinoff : Sœur jumelle d'Émilie, elle est l'une des meilleures amies de Marie. Pleine d'humour, elle a du mal à se conformer à la discipline de la danse classique avec son tempérament de feu !

Émilie Golovinoff : Sœur jumelle d'Elsa, elle est l'une des meilleures amies de Marie. Plus sérieuse que sa sœur, elle est très calme, posée, et a toujours un bon conseil à partager.

Aurore Bessier : Ennemie jurée de Marie, elle a pris cette dernière ainsi que ses amies les jumelles en grippe et serait prête à tout pour leur mettre des bâtons dans les roues. Son surnom « TTPPQ » est l'acronyme de « Tu te prends pour qui ? », la réplique préférée d'Aurore.

Lancelot : Camarade de classe de Marie à l'Opéra, il est passionné de danse et de voyages. Bizarrement, bien avant de le connaître, Marie avait baptisé son journal intime Lancelot... Serait-ce une sorte de signe ?

Claude Bessier : Aussi appelée « La Grande Mademoiselle », elle est la directrice de la danse à l'Opéra Garnier. C'est elle qui supervise l'internat des petits rats. Elle est aussi la tante d'Aurore, mais ne lui accorde aucun traitement de faveur.

Mademoiselle Renucci : La directrice administrative de l'Opéra ne se laisse pas marcher sur les pieds, et qui s'y frotte s'y pique ! Les jumelles la surnomment d'ailleurs « le Cactus »…

Cyril Asnatoff, Christine Baussard : Danseurs mondialement connus, ils font partie des professeurs de Marie à l'Opéra.

Jeanne Pietro : La mère de Marie est très douce et a eu beaucoup de mal à laisser partir « son petit poussin » du nid familial.

Jacques Pietro : Le père de Marie l'a toujours encouragée à poursuivre ses rêves. Il est pour sa fille d'un soutien infaillible.

Ludmilla Golovinoff : La mère des jumelles est une ancienne danseuse étoile d'origine russe.

1

– Oh là là, mon poussin… heu… je veux dire… heu… ma petite chérie. Je n'en reviens pas ! C'est comme le premier jour… Sauf que tu es plus grande.

Debout sur le seuil de la pièce, Jeanne Pietro balayait les lieux du regard depuis quelques instants, sans oser entrer. Ses yeux mouillés trahissaient son émotion, même si ses petits reniflements étaient dus à un rhume en train de s'affirmer. Malgré le manque d'enthousiasme de sa fille, elle avait tenu à l'accompagner pour, disait-elle, « voir de ses propres yeux » à quoi ressemblait son nouveau logement. Certes, la situation de Marie venait de changer. Elle allait débuter cette année en classe de première division, la dernière de sa scolarité. Aussi, en tant que « grande » parmi les petits rats, elle n'habitait plus le dortoir de l'École de danse, sous les toits du palais Garnier. Les élèves les plus âgés, comme elle, emménageaient dans ce foyer, où les filles occupaient des chambres sur deux étages et les garçons, sur un troisième.

– Allez maman, pousse-toi, voyons ! répondit Marie avec un petit rire. Il faut bien que je range mes affaires, à la fin !

– Aaaaatchoum !

Jeanne Pietro finit par s'écarter, permettant ainsi à sa fille de regarder la pièce à son tour. Après une courte hésitation, Marie se dirigea vers le lit le plus proche de la fenêtre. La chambre en comportait deux. Des penderies de bois clair et des commodes assorties à deux tables jumelles donnaient une note de chaleur à ce nouvel espace. Du papier peint couvert d'une multitude de petites fleurs bleu marine sur fond blanc égayait les murs.

– Ah ! Je sens qu'on va être bien là, Elsa et moi ! déclara Marie avec satisfaction.

De ses valises, ouvertes sur le sol, elle commença à sortir ses vêtements : pulls et sweat-shirts souples, pantalons de molleton, blue-jeans, paires de tennis… Ainsi que des chaussons de laine épaisse que sa mère avait tenu à lui tricoter. Depuis les débuts de sa fille comme ballerine, Jeanne Pietro n'avait eu de cesse de lui exprimer son affection en la couvrant d'accessoires qu'elle confectionnait de ses mains. Dans un tiroir de la commode, Marie déversa ses multiples collants, guêtres, cache-cœurs et tuniques. Dans celui du bas, elle aligna ses chaussons – demi-pointes et pointes – dont l'usure n'était pas encore trop avancée. Elle rangea aussi la boîte fétiche dans laquelle elle conservait la paire de chaussons utilisée lors de son dernier examen de passage en classe supérieure : une superstition qu'elle gardait secrète, par peur du ridicule. Peu à peu, elle prenait possession des lieux.

– Quand je pense… commença Jeanne, avant d'être interrompue par un nouvel éternuement.

Marie se retint de lever les yeux au ciel. Elle trouvait sa mère à la fois adorable et trop sensible, prête à verser une larme à la moindre occasion. Surtout, Jeanne avait du mal à voir grandir sa fille et, malgré les années, la considérait toujours un peu comme le petit rat de dix ans qu'elle n'était plus depuis longtemps.

« Pourvu qu'on ne croise pas mes copines… pensa Marie en son for intérieur. *Elles pourraient la trouver sympathique, attendrissante ou… un peu envahissante. »*

Les années avaient enrichi et renforcé Marie, si bien qu'en cette avant-veille de rentrée elle se sentait à la fois heureuse et impressionnée d'avoir passé un nouveau cap dans sa vie d'élève. Elle était devenue une vraie jeune fille, un rat plus si petit que ça, que l'administration de l'école prenait au sérieux au point de l'ouvrir à une vie plus autonome.

– Tu vas savoir te débrouiller ? demanda Jeanne, comme si elle avait entendu les pensées de sa fille.

– Mais bien sûr, voyons, ne t'inquiète pas, maman. Je ne suis ni la première ni la dernière des élèves de l'école à habiter ici. J'ai quinze ans et demi, n'oublie pas. Et puis on est vingt-cinq, tu sais, dans la promotion. Et j'ai Elsa avec moi. Ce n'est pas comme si j'étais seule…

– Aaaaatchoum ! fit sa mère en guise de réponse. Mais où sont les autres, justement ? Je n'ai vu personne.

Marie se garda d'expliquer qu'elle avait préféré arriver avant ses camarades, qui sans doute viendraient seules et s'installeraient sans l'aide insistante de leur mère.

– Elsa ne va pas tarder à me rejoindre. Si elle n'est pas là ce soir, elle sera là demain ou bien après-demain, dimanche.

– Demain ? Alors tu risques d'être seule ce soir ? Oh mon Dieu, pourquoi ne m'as-tu rien dit ? Tu veux revenir dormir à la maison ? Tu veux que je reste avec toi ?

– Mais non, mais non ! s'écria Marie maladroitement.

Voyant le visage de sa mère se rembrunir, elle reprit, avec plus de délicatesse :

– Heu… Non merci, maman. Ne t'inquiète pas, je te dis…

– Oui, mais je pensais… Pour manger… Vous avez une cuisine ? Un réfrigérateur ? Et ce soir, tu vas faire comment ? L'administration a envoyé une lettre, mais j'ai pensé que c'était la même chose que les années précédentes. Je n'ai pas lu tous les détails.

– Ce soir ils ont prévu des repas froids à la cantine de l'Opéra. Tu sais, il y a toujours quelque chose à manger, pour les danseurs. Certains travaillent tard, alors… J'irai dans une heure, quand je commencerai à avoir faim.

– Et je me disais aussi… Pour ton linge, pour ta lessive… Tu ne vas pas pouvoir rapporter tes affaires à la maison, si ?

– Maman, ça va, voyons ! l'interrompit Marie. Je suis une grande fille ! Souviens-toi, j'aurai seize ans en février ! On est tous des grands ici. Pour le linge, c'est prévu aussi : il y a un ramassage. Je dois juste penser à mettre mes affaires sales dans le sac prévu pour ça et hop !

Un petit sourire éclaira le visage de Jeanne Pietro au souvenir d'une plaisanterie de son mari.

– C'est vrai que ton père t'a souhaité un bon séjour dans « ton hôtel quatre étoiles ». D'ailleurs il t'embrasse, hein ? Je te l'ai dit ?

Elle éternua encore.

– Tu me l'as dit au moins trente-six fois entre la maison et ici, ironisa Marie. « Ton père est en déplacement, mais il t'embrasse, ma chérie. » Je suis au courant, rassure-toi et je connais la phrase par cœur ! Alors, tu es rassurée maintenant ?

– Tu as raison, acquiesça Jeanne en finissant de tendre ses dernières affaires à sa fille. Tu es bien installée. Les gens de la direction prendront soin de toi. Je n'ai pas de raison de m'en faire.

Marie poussa un soupir. Elle s'efforçait de détendre l'atmosphère pour donner le change à sa mère. Pourtant, à force, elle finissait par se laisser vaguement gagner par l'inquiétude. Son nouvel espace lui plaisait bien sûr, mais il marquait aussi une avancée vers le point final de sa scolarité de danseuse. Et au fond d'elle-même, elle ne pouvait s'empêcher d'éprouver quelques craintes à l'idée de l'année qui l'attendait. La première division, la dernière de son parcours, était une classe réputée très difficile. Allait-elle réussir ? Qu'il était étrange de se dire ainsi chaque année que rien n'était jamais gagné…

– Aaaaatchoum !

Un nouvel éternuement de sa mère vint interrompre ses pensées.

– Maman, tu devrais rentrer à la maison te mettre au chaud, tu sais, suggéra Marie. De mon côté, j'ai de quoi m'occuper. Je vais décorer un peu les murs avec mes affiches. Ensuite, je me détendrai, tout simplement. Ne t'en fais pas pour moi. Ça va parfaitement aller.

– Oui, oui, je vais filer, mon pouss... heu... ma chérie, reprit Jeanne. En tout cas, je vois que tu es bien installée. Dès que j'aurai ton père au téléphone, je lui raconterai à quoi ressemble ton nouvel internat. Ah, au fait, j'allais oublier : tiens, ajouta-t-elle en sortant de son sac un petit transistor. C'est de notre part, à ton père et moi. Tu pourras écouter de la musique, comme ça...

– Oh, merci beaucoup, maman ! fit Marie. Vous vous êtes ruinés pour moi ! Il ne fallait pas...

Elle posa l'appareil sur sa table de chevet.

– Je te raccompagne en bas, d'accord ?

Elle se dirigea vers la porte d'entrée, mais sa mère hésitait encore.

– Aaaa… Aaaaa…

L'éternuement n'eut pas lieu et elle se résolut enfin à suivre sa fille. Pendant que Marie faisait tourner sa clé dans la serrure, elle sentit une présence dans son dos. Immédiatement, ses sens furent en alerte. Ces pas appuyés et comme autoritaires étaient reconnaissables entre tous. En se retournant, elle découvrit Aurore Bessier sur le palier. Son intuition ne l'avait donc pas trompée. Plantée devant elle, les bras croisés sur la poitrine, la jeune danseuse la regardait d'un air inamical, la bouche pincée.

– Bonjour Aurore, fit simplement Marie, en cherchant à détendre l'atmosphère.

– Aaaatchoum ! éternua Jeanne. Heu… Pardon, désolée. Bonjour mademoiselle… Vous êtes…

– La nièce de la directrice de l'École de danse de l'Opéra de Paris, répondit sèchement Aurore.

– Ah oui ? Alors vous êtes une camarade de Marie, reprit Jeanne en lui tendant la main.

C'est curieux, ma fille ne me parle jamais de vous…

Manifestement, elle n'avait pas reconnu celle qui, quelques années auparavant, s'était montrée si désagréable à l'égard de sa fille. Elle avait l'art de ne pas remarquer les tensions et encore moins la méchanceté, comme si elle portait en permanence des lunettes roses au bout de son nez. Au lieu de lui tendre la main à son tour, Aurore s'écarta ostensiblement.

– Sans blague ? ricana-t-elle à mi-voix.

Puis elle ajouta d'un air passablement dégoûté :

– Si vous pouviez garder vos microbes pour vous, ce serait parfait.

Marie avait déjà été contrariée par sa présentation en forme de carte de visite, mais cette fois l'impolitesse d'Aurore la suffoqua.

– Qu'est-ce que tu as dit ? Tu peux parler plus fort s'il te plaît ? lui demanda-t-elle. Ma mère n'a pas bien entendu…

Plutôt que de répéter ses paroles, Aurore préféra attaquer sur un autre plan.

– Moi ? Rien, fit Aurore. Mais je tiens à vous dire que le foyer des premières divisions est normalement interdit aux visiteurs. Même les parents n'ont pas le droit de monter.

– J'aimerais bien voir ça ! répliqua Marie.

– C'est dans le règlement, insista Aurore. Vous avez de la chance que je ne vous dénonce pas.

– Tu n'oserais pas de toute façon, la défia Marie. Parce que ce que tu dis est faux.

Pourtant, au lieu de croire sa fille, Jeanne commença à s'inquiéter.

– C'est vrai ? demanda-t-elle. Oh mon Dieu, Je ne devrais pas rester là, alors… Pourquoi tu ne m'as rien dit, mon poussin ? Je ne voudrais pas te porter tort…

– Poussin ! ironisa alors Aurore. Poussin ! Quelle blague !

– Viens, maman, fit Marie, préférant lui tourner le dos.

Elle prit sa mère par la main et la tira vers l'ascenseur.

– Je file, ma chérie, je file, lui lança sa mère. Et je ne t'embrasse pas, on ne sait jamais…

Un instant plus tard, l'appareil l'entraînait vers les étages inférieurs. Marie se retourna alors vers Aurore.

– Tu es contente ? fulmina-t-elle.

– Très ! ricana Aurore. Je sais maintenant que tu es le petit poussin à sa maman, ha ! ha !… Et aussi que tu fais venir des adultes ici, alors que c'est interdit…

Marie haussa les épaules.

– Écoute, si ça te fait plaisir, tu devrais rapporter cette information passionnante à ta tante. Il ne faut pas te gêner… À mon avis, elle aura autre chose à faire que de me punir. Par contre, elle te trouvera sûrement un peu bébé, sale rapporteuse !

– Franchement, venir éternuer ici, sous notre nez, risquer de nous rendre toutes malades alors que chaque jour compte, cette année… On n'a pas idée, fit remarquer Aurore en grimaçant.

– Ça peut arriver à tout le monde d'attraper un rhume, rétorqua Marie. Et la prochaine fois, tu as intérêt à être un peu plus polie avec ma mère…

– Ah ouais ? Sinon tu me feras quoi ? la défia Aurore. En tout cas, moi, ça me dégoûte, tous ces microbes. Je te préviens que si je tombe malade, j'en tiendrai ta mère pour responsable.

– Et tu iras porter plainte, c'est ça ? « Je suis enrhumée, monsieur le commissaire ! » Mener l'enquête contre des microbes, ah, je suis sûre que les policiers vont beaucoup apprécier !

Le ton montait entre les deux filles. Au fur et à mesure de leurs échanges, elles se rapprochaient l'une de l'autre, se défiant du regard, et se tournant autour comme si elles répétaient un passage dramatique de ballet. Du coin de l'œil, Marie crut apercevoir plusieurs autres jeunes filles de leur promotion, récemment arrivées. Captivées par la scène, elles avaient formé un cercle autour des deux danseuses. Marie et Aurore devenaient les protagonistes d'un moment de tension qui s'exprimait autant par les paroles prononcées que par les attitudes et les mouvements. Les talons claquaient sur le plancher, les paumes de main battaient l'une contre l'autre, les dos se cambraient. Marie ferma les yeux et se revêtit mentalement de l'une de ces robes longues à pois et à froufrous que portaient les danseuses de flamenco. Un bruit de castagnettes parvint à ses oreilles. Elle se pencha et attrapa sa traîne de la main gauche. De la droite, elle défit sa barrette et secoua la tête. Sa longue chevelure noire se répandit sur ses épaules…

– Non mais tu te crois où ? Tu te prends pour qui ? fit soudain la voix d'Aurore.

Marie rouvrit les yeux en sursautant. Aurore se tenait face à elle et elles n'étaient que deux. Le cercle qu'elle avait cru voir était inexistant. Elle venait de se laisser glisser dans un rêve éveillé où le palier du foyer devenait mieux qu'une scène : une véritable arène où s'affronter. Aurore lui inspirait ainsi parfois des sorties de la réalité. Cette rivalité ridicule avec elle durait depuis l'année de ses dix ans.

Marie jeta un coup d'œil à sa montre : il était dix-neuf heures trente, le soir était tombé et Aurore venait de prononcer une formule tellement… tellement hilarante ! *« "Tu te prends pour qui", c'est mon texte ! »* se dit Marie intérieurement. Ses épaules se soulevèrent irrésistiblement. Qu'il était drôle d'entendre Aurore prononcer ces paroles que Marie et ses amies lui avaient adressées en secret dès les premiers moments de leur rencontre ! Elles la trouvaient tellement prétentieuse, tellement antipathique qu'elles finissaient toujours par rire d'elle ainsi, sous cape. Déconcertée par sa réaction, Aurore la regardait sans comprendre. Comme Marie continuait à rire, elle finit par tourner les talons et, affichant son habituel air hautain, s'éloigna vers sa chambre.

« Heureusement qu'on est chacune à une extrémité du palier », pensa Marie, en reprenant son sérieux.

Elle allait donc encore devoir supporter cette présence négative durant toute une année scolaire. Quel poids ! Comme si le rythme de l'école n'était pas déjà suffisamment difficile à vivre…

De retour dans sa chambre, Marie retourna s'allonger sur son lit et demeura quelques instants sans bouger, à repenser à ce qui venait de se passer, les yeux tournés vers le plafond. « Si je tombe malade, j'en tiendrai ta mère pour responsable », avait dit Aurore. À bien y réfléchir, réalisa Marie, cette phrase dissimulait une peur sous-jacente. L'année débutait à peine, mais déjà Aurore craignait pour son avenir. Il lui avait suffi de rencontrer une adulte mal en point pour se rendre malade d'avance. Elle imaginait sans doute déjà les microbes s'emparant de son organisme et anéantissant sa santé… Marie hocha la tête. Elle commençait à comprendre que l'agressivité dont Aurore faisait preuve à la moindre occasion n'était pas le signe d'une force, mais bel et bien d'une faiblesse. Elle avait beau être la nièce de la directrice, Aurore avait tout simplement peur de tout, à commencer par son ombre, tout autant que les microbes invisibles qui avaient le pouvoir d'interrompre son parcours. Marie sourit de sa propre analyse. Comme chaque année, ce mois de septembre remettait toutes les danseuses de sa promotion à égalité : chacune allait devoir affronter les semaines à venir avec le talent qui était le sien, mais aussi avec ses forces et ses faiblesses personnelles. Aurore pouvait toujours jouer les bravaches ; en réalité, elle se rendait compte qu'elle n'avait pas plus de chances de réussir que ses camarades.

Marie se remit debout. L'envie de rire venait de la reprendre, discrète et imprévue, au début comme une démangeaison au creux de l'estomac. Rire seule ! Ça ne lui était jamais vraiment arrivé, mais là, c'était tout simplement incontrôlable, comme un élan fort, qui donnait envie… de danser ! Elle lança ses deux bras en avant, dans un mouvement spontané. Puis elle bondit en les faisant monter vers le ciel. Suivant la musique secrète qui se diffusait en elle, elle se mit à improviser, inventant son propre langage, poétique et imprévisible, comme si avec son corps, ses mains, ses pieds, elle écrivait un texte silencieux. Un pas, deux pas… Un tour, un deuxième tour… Et toujours ces bras qui l'entraînaient vers un geste de plus, un mouvement de la tête ou du torse, que ses jambes accompagnaient… Depuis toujours, Marie avait conservé cette capacité à inventer ainsi des formes libres, inspirées par une part d'elle-même qui soudain s'imposait à elle. Durant trois à quatre minutes, elle se laissa ainsi aller à ce sentiment simple mais si régénérant : la joie. La joie simple de se sentir libre, puissante et pleine d'espoir à ce moment précis de l'année. On était vendredi soir. Bientôt, elle allait retrouver Elsa et, lundi matin, toutes deux seraient prêtes à travailler et à s'épauler, pour attaquer au mieux cette dernière année d'École de danse.

« *Avec joie surtout,* se promit-elle, *avec joie !* »

Aucune Aurore Bessier ne pourrait jamais rien contre ce sentiment-là.

2

Durant le week-end, les chambres du foyer commencèrent à se remplir et bientôt elles bruissèrent des conversations, des cris et des rires des nouveaux occupants. Chez les filles comme chez les garçons, le sentiment d'excitation dominait. On rangeait ses affaires et on décorait son espace. On se racontait l'été, mais on évoquait aussi les camarades de l'année précédente que l'on ne retrouverait pas car ils n'avaient pas été reçus à l'examen… En attendant Elsa, Marie repensait à sa sœur jumelle, éliminée à la fin de la troisième division et qui n'avait plus guère fait signe depuis cette épreuve. Émilie avait d'abord joué les fanfaronnes, mais il n'était facile pour personne de devoir abandonner son rêve d'enfant. Marie ne savait trop quelle attitude adopter à l'égard de celle avec qui elle avait pourtant partagé mille et un fous rires et elle était assez impatiente d'en savoir plus. Le samedi passa pourtant sans nouvelles car Elsa ne revint pas ce jour-là. Marie pensa à elle toute la journée suivante, sans la voir apparaître non plus. Que se passait-il donc ? Le dimanche soir, elle alla partager un moment avec les camarades qu'elle appréciait. Il y avait Lison, Garance, Leïla, Cécile, Marie-Paule... Serrées les unes contre les autres sur les lits et le plancher d'une chambre, elles évoquèrent leurs vacances en famille, aux quatre coins de la France ou encore, pour quelques-unes, à l'étranger. Toutes se réjouissaient de cette pause estivale, qui leur avait permis d'oublier un peu le rythme épuisant de l'école.

– C'était très bien… On a eu beaucoup de soleil, disait l'une. Une chance, quand on passe des vacances en Bretagne, souligna Cécile.

– Nous aussi, renchérit Garance. Super beau temps quasiment sans arrêt. J'ai adoré me prélasser sans rien faire toute la journée.

Marie approuva d’un hochement de tête, mais ce n’était pas tout à fait vrai. Comme tous les ans, elle avait passé les vacances à nager comme un dauphin dans la mer Méditerranée et à se reposer dans la maison que ses parents occupaient tous les ans à Bonifacio. La Corse, son soleil, ses parfums étaient synonymes pour elle de repos et de rires partagés avec sa meilleure amie, Tina. Alors comment aurait-elle pu reconnaître que, malgré tout, le temps lui avait paru un peu long ? Elle se mordit les lèvres, hésitant à parler. C’est alors que l’une de ses camarades, Lison, exprima à sa place le fond de ses pensées :

– C’était super, vraiment super… Mais au bout de deux semaines… j’étais impatiente de revenir, avoua-t-elle.

Un court silence suivit cette déclaration puis, très vite, les autres approuvèrent, presque d’une seule voix :

– Moi aussi ! Moi aussi ! Et moi… Ça alors ! Je n’osais pas le dire… Moi aussi… Vous m’avez manqué… À moi aussi ! Oui !

C'est vrai… Et surtout… surtout danser ! Ça m'a manqué !

Rires et regards pétillants suivirent. Quelle joie c'était de pouvoir reconnaître, sans honte, que la passion de la danse dépassait tout pour elles ! Les vacances ? Oui, bien sûr, elles les avaient appréciées, mais elles les avaient également vécues comme une occasion de s'assouplir encore un peu plus, et de sculpter encore mieux leur silhouette, en pratiquant la natation quotidiennement. Au bout de quelques jours, l'impatience de reprendre la barre était là, pour chacune d'elles. Leurs amis extérieurs au milieu ne pouvaient pas réellement comprendre ce qui se passait en elles, et elles avaient d'ailleurs renoncé, pour la plupart, à le leur expliquer. Marie sourit de contentement. Demain, elles allaient redevenir concurrentes dès le premier cours à l'école, mais en attendant elles passaient une soirée entre complices, réunies par un objectif de vie supérieur à tous les autres : faire passer chaque jour l'ineffable magie de la danse à travers leur corps, depuis le sommet de leur crâne jusqu'au bout de leurs pointes.

Quand Marie retourna dans sa chambre le soir, pour se préparer à dormir, elle fut déçue de constater qu'Elsa n'était toujours pas arrivée.

« Si ça se trouve, elle va venir directement demain pour le premier cours de danse », se dit-elle pour se rassurer.

De toute évidence, quelque chose clochait, mais elle refusait de se laisser gagner par la contrariété. Elle s'allongea dans le noir et, tandis que des bruits de conversation étouffés lui parvenaient depuis les chambres voisines, elle pensa à l'année qui allait débuter. La passion était là en son cœur, plus forte que jamais, comme une lumière incandescente. Elle s'endormit en sentant à nouveau monter en elle cette onde indéfinissable : ce désir si ardent de parvenir à accomplir un jour les mouvements et les gestes parfaits.

Le lendemain matin, la première pensée de Marie au réveil fut encore pour Elsa. Que se passait-il ? L'absence inexpliquée de son amie commençait à lui peser et la chambre lui paraissait soudain non seulement vide mais trop grande. Pour ne pas céder à l'inquiétude, Marie prit d'abord le temps de tourner le bouton de son petit poste de radio. Elle le régla sur une station de musique classique qui eut aussitôt l'effet apaisant qu'elle en espérait. Mais les minutes passaient. Elle finit par se lever et alla se planter devant le miroir de la salle de bains.

– Salut ! déclara-t-elle à son reflet. Alors moi, c'est Marie, mais mon nom de scène, c'est Maïka. Et j'ai quelque chose à te dire, si tu veux savoir. J'ai quinze ans et demi, je suis en première division dans la classe de Christine Baussard. Je suis entrée à l'Opéra à l'âge de dix ans et avec du travail et beaucoup d'espérance je souhaite y faire une grande carrière.

Elle reprit son souffle quelques secondes avant d'ajouter d'une voix ferme :

– Mon objectif cette année est de rentrer dans le corps de ballet.

Marie se sourit à elle-même après cette déclaration pleine de sérieux. Jacques, son père, ne serait pas peu fier d'une telle entrée en matière. Il avait toujours poussé Marie à compter sur ses capacités physiques, mais également sur son mental où, disait-il, « résidait la véritable force de chacun ».

– Tu as raison, papa ! dit Marie tout haut, en ponctuant sa remarque d'un clin d'œil.

Après sa douche, elle s'habilla, coiffa ses cheveux en un chignon impeccable et, avant de sortir, écrivit un petit mot à son amie. « Ma chère Elsa, j'espère bien te retrouver en cours dans quelques instants. Ce serait trop dommage que tu rates le discours de rentrée du Cactus ! Ne me laisse pas me faire piquer toute seule. Alors à tout à l'heure ? Je t'embrasse. »

Marie se retrouva dans la rue quelques minutes plus tard. Elle n'avait que quelques artères à franchir avant d'atteindre le palais Garnier. Elle en profita cependant pour s'imprégner du rythme de la ville. La musique, cette fois, était bien différente des compositions de l'orchestre symphonique qu'elle avait entendues plus tôt à la radio, mais il y avait là un tempo particulier, fait de sonorités franches et modernes qui parlaient à ses oreilles. Les travailleurs en cols blancs s'engouffraient à pas pressés dans les bouches de métro ou montaient dans les bus, tandis que les ouvriers du bâtiment actionnaient déjà leurs engins à moteur. Bientôt, les rideaux de fer des boutiques allaient s'ouvrir dans un grand roulement de tambours, mais déjà, dans les cafés, tasses et cuillères tintaient sur les comptoirs et les tiroirs-caisses s'ouvraient et se refermaient comme des accordéons de métal. Marie fit claquer ses talons sur la chaussée, hésitant à courir ou sauter à la manière des héroïnes de comédies musicales. Il suffisait de tendre l'oreille pour entendre des mélodies partout… De bien regarder pour voir des scènes de théâtre ou d'opéra à chaque coin de trottoir.

– Hum ! Hum !

Le toussotement d'Aurore anéantit d'un seul coup cette parenthèse enchantée. Arrivées au même moment, les deux danseuses se tenaient l'une près de l'autre, devant l'entrée des professionnels du palais Garnier. Mais autant Marie avait l'air radieuse, autant Aurore semblait ployer sous un fardeau lourd et mystérieux. Elle portait bien sûr, comme Marie, un sac contenant ses affaires du jour : chaussons, collants de rechange, serviette-éponge, brosse, épingles, élastiques… Elle en avait aussi un deuxième où se trouvaient ses cahiers et ses livres scolaires. Cette double charge pesait sur son épaule droite qu'elle baissait bizarrement beaucoup plus que la gauche. Mais ce qui était le plus remarquable était le châle dont elle s'était recouvert la tête et le haut du corps. Ainsi attifée, elle ressemblait plus à une pauvre petite vieille qu'à une ballerine en pleine jeunesse.

– Hum ! Hum ! Hum ! répéta-t-elle d'une toux insistante.

– Tu es malade ? s'étonna Marie.

– Tu vois bien, non ? répliqua Aurore, en lui jetant un regard furibond. Devine à cause de qui ?

Marie écarquilla les yeux.

– Ne me dis pas que… Tu n'as pas attrapé…

Au lieu de lui répondre, Aurore, menton haut, reniflait ostensiblement. Quand la porte s'ouvrit, Marie s'effaça pour la laisser passer, hésitant entre le sérieux et l'envie de rire. Certes, ce sentiment-là n'était guère charitable, mais Aurore exagérait tellement, avec ses attitudes de tragédienne, qu'elle en devenait ridicule. Était-elle réellement malade ou faisait-elle semblant de l'être ? Marie s'était tellement souvent laissé prendre à ses ruses qu'elle ne savait pas vraiment quoi penser.

Elle suivit sa rivale vers la cafétéria où l'on servait le petit déjeuner. Là, Aurore se joignit à un groupe d'élèves qui paraissaient

l'attendre. Marie, elle, préféra prendre un peu de distance et alla s'asseoir prudemment à une table plus à l'écart. Durant les minutes qui suivirent, tout en buvant un chocolat puis en pelant un fruit, elle pensa au déroulement de la journée à venir. De temps à autre, elle levait la tête, dans l'espoir de voir Elsa. Mais son amie n'apparaissait toujours pas. Ce n'était pas le genre d'Elsa de manquer un jour pareil. Tout à ses pensées, Marie ne s'aperçut pas tout d'abord de l'étrange ambiance qui régnait autour d'elle. Ce n'est que lorsqu'elle se leva pour aller ranger son plateau qu'elle prit conscience des nombreux regards tournés vers elle. Le groupe des danseuses qui entouraient Aurore la regardait d'un air méfiant et soupçonneux. Mais en jetant un coup d'œil à la ronde, Marie se rendit compte également qu'aucune de ses camarades de la veille – celles avec qui il lui arrivait de faire front face à la méchanceté d'Aurore – ne s'était jointe à elle. Certes, elles n'étaient pas toutes dans la cafétéria et des élèves d'autres divisions étaient aussi présentes, mais celles qui étaient là maintenaient une distance, la laissant manger seule dans son coin.

« *Qu'est-ce qui se passe ?* se demanda Marie en fronçant les sourcils. *Qu'est-ce que j'ai encore fait ?* »

Elle hésita. Elle pouvait bien sûr aller trouver Aurore et lui poser directement la question. Elle pouvait aussi se tourner vers ses alliées pour vérifier que cette situation n'était due qu'au hasard. Elle était en train de se balancer d'un pied sur l'autre quand mademoiselle Renucci, la directrice adjointe de l'École de danse, surgit au milieu de la cafétéria. Sans même saluer les élèves présentes, elle lança aussitôt d'un ton autoritaire :

– Mesdemoiselles, le mot « rentrée » rime peut-être pour vous avec le verbe « traînailler », mais pas pour moi ! Je m'adresse en particulier aux élèves de première division que je prierai de se présenter dans cinq minutes exactement dans la salle Marius-Petipa. Pour les autres, vous avez reçu vos emplois du temps. Vos professeurs vous attendent. Et sachez que ni eux ni moi ne tolérerons aucun retard.

Et elle s'en alla aussi soudainement qu'elle était apparue, prouvant s'il en était besoin que son surnom « Cactus » lui allait comme un gant. Une certaine agitation suivit cette annonce. Comme sous le coup d'une secousse électrique, les élèves mirent aussitôt fin à leurs conversations, rangèrent leurs plateaux, ramassèrent leurs affaires et se dispersèrent dans les différentes salles de cours et de répétition. Repoussant ses interrogations à plus tard,

Marie saisit son sac et se dirigea elle aussi vers le studio Petipa. Elle savait à quoi s'attendre : la journée commencerait sans doute par le discours de Claude Bessier, la directrice de l'école, auquel succéderait celui du Cactus. Aurore allait sans doute se faire remarquer par ses reniflements. Mais pour Marie, il y avait une ombre au tableau : Elsa manquait toujours, et son absence, plus que tout le reste, la chagrinait au plus haut point.

3

– Elsa ?

Marie venait d'apercevoir son amie au bout d'un couloir. Persuadée de son absence, elle n'avait pas identifié tout de suite sa fine silhouette avec la distance, mais bien sûr Elsa était reconnaissable entre toutes, et ce d'autant plus que, chose rare, ses cheveux n'étaient pas encore coiffés. Au lieu du chignon académique réglementaire, elle s'était fait – sans doute à la hâte – une simple queue-de-cheval, ce qui n'était pas dans ses habitudes.

– Elsa ! Elsa, attends-moi ! l'appela encore Marie d'une voix étouffée.

Elle n'osait ni courir ni hausser le ton – deux attitudes strictement interdites entre les murs de l'Opéra. Malgré leur bout alourdi, qui les rendait bruyantes, les pointes ne devaient en aucun cas cogner sur les planchers. Partout, la discrétion était de rigueur, de même que la déférence à l'égard de toutes les personnes adultes que l'on pouvait croiser et qu'il fallait saluer d'une petite révérence, les yeux baissés.

– Attends-moi ! insista Marie en élevant un peu la voix.

Des têtes se retournèrent et plusieurs paires d'yeux la dévisagèrent d'un air réprobateur. Marie baissa la tête. Pourquoi Elsa, elle, ne se retournait-elle pas ? *« Elle n'a pas dû m'entendre... Mais au moins elle est là !* se dit Marie toute heureuse à la perspective des retrouvailles à venir. *On se dira bonjour pendant les discours. De toute façon, ils ne vont pas être passionnants... »*

Son amie avançait toujours, à quelques mètres devant elle, parmi le groupe des élèves de sa promotion. Après un tournant du couloir, une danseuse du corps de ballet, reconnaissable à la couleur de son justaucorps, surgit en sens inverse. Tous les petits rats s'inclinèrent brièvement sur son passage mais, à la surprise de Marie, Elsa passa son chemin sans marquer le moindre signe de respect. La jeune danseuse en demeura éberluée, se demandant si elle avait bien vu. Peut-être Elsa avait-elle hoché légèrement la tête ? Mais non, elle l'aurait remarqué. D'ailleurs la danseuse du corps de ballet l'avait observée un instant, étonnée également par son attitude. *« Heureusement que ce n'était pas la Grande Mademoiselle,* pensa Marie. *Cela aurait été un sacrilège ! »* Mais Elsa se trouvait déjà quelques pas plus loin, apparemment insouciante. À moins qu'elle n'ait été plongée dans ses réflexions. Ou encore préoccupée par des problèmes qui l'empêchaient de se comporter correctement. *« Quel dommage que je ne puisse pas te rejoindre tout de suite !* pesta Marie intérieurement. *Ne t'inquiète pas, Elsa, j'arrive... »*

Mais quand elle atteignit enfin la salle, à la suite de ses camarades, elle comprit qu'elle ne pourrait ni parler ni s'approcher immédiatement de son amie. Les élèves de sa division formaient une masse compacte autour de Claude Bessier et de mademoiselle Renucci. Elsa, toujours dos à elle, se trouvait presque au premier rang du groupe. Elle ne s'était pas encore retournée et n'avait pas cherché Marie des yeux un seul instant. Cette dernière ne savait trop quoi penser de cette curieuse indifférence. Il y avait de quoi douter, mais les questions viendraient plus tard car un silence religieux s'était établi. La tradition des discours de rentrée était sur le point de commencer.

– Jeunes filles, jeunes gens, commença mademoiselle Bessier, je suis très heureuse de revoir chacune et chacun d'entre vous. Vous le savez, vous avez désormais atteint le plus haut niveau de l'école. Pour vous, cette année sera décisive : soit vous intégrez le corps de ballet, soit vous nous quittez. C'est la règle. Aussi vous devrez vous appliquer plus que jamais. Votre engagement se résume à trois mots : « travail », « travail », « travail ». Dans cette salle où nous sommes réunis, vos aînés de la compagnie s'exercent au quotidien. Les plus grands danseurs de notre pays foulent ce parquet et répètent leurs pas de deux avec précision. Ce lieu est un symbole de la route que je vous souhaite de suivre plus tard. Je sais que, parmi vous tous, certains auront la chance de franchir brillamment le cap du concours final…

Elle s'interrompit et parcourut la salle du regard. Lorsque ses yeux s'arrêtèrent sur Marie, son visage s'éclaira et un sourire lui vint. Cette marque d'affection était tellement rare que certains élèves tournèrent la tête pour voir qui avait droit à un tel privilège. Marie sentit aussitôt une rougeur gagner ses pommettes. Elle avait beau s'en défendre et agir comme si elle n'avait rien remarqué, elle savait que la Grande Mademoiselle avait une estime particulière pour elle. Elle la comptait assurément parmi ses meilleurs éléments. Gênée, la jeune ballerine détourna les yeux et se mit à regarder le plafond somptueux de la salle. À quelle hauteur pouvait-il bien être ? S'intéressant soudainement à d'autres détails, elle remarqua qu'au lieu du piano droit des salles de cours ordinaires un magnifique piano à queue noir semblait attendre qu'un musicien génial vienne faire courir ses doigts sur le clavier. De longues fenêtres ovales laissaient entrer une belle lumière d'automne. Les miroirs et le parquet semblaient se renvoyer leur éclat étincelant. Assurément, il n'était pas difficile d'imaginer des danseurs étoiles en train de répéter ici.

– ... une excellente année, conclut la directrice.

Marie se sentit rougir à nouveau. Qu'avait finalement dit la Grande Mademoiselle ? Avait-elle remarqué son inattention ? Elle se promit d'écouter plus attentivement ce qu'allait dire mademoiselle Renucci.

– Mesdemoiselles, messieurs... commença cette dernière.

Marie entendait son discours pour la sixième fois. Elle tenta de se concentrer, mais ce que disait le Cactus était tellement ennuyeux que trois secondes plus tard elle laissa encore son esprit filer, par la fenêtre cette fois, et voguer quelques instants dans le ciel parisien avant de le faire revenir dans la salle. Elle fixa de nouveau Elsa et aussitôt tressaillit. Son amie venait de tourner légèrement la tête en arrière, vers le groupe. En la voyant ainsi, Marie réalisa soudain, avec stupéfaction, qu'il ne s'agissait pas d'Elsa ! Vue de dos, la jeune danseuse présente se confondait totalement avec son amie, mais son visage ainsi tourné aux trois quarts offrait une autre réalité. Marie en demeura bouche bée. Qui était cette nouvelle inconnue ? Comment pouvait-elle se retrouver élève parmi les premières divisions sans avoir franchi avec elles les étapes des années précédentes ? Mademoiselle Renucci venait sans doute de donner quelques explications à ce sujet, mais Marie ne les avait pas entendues. *Zut !* Et voilà qu'elle prononçait déjà ses dernières paroles !

– … je vous souhaite, moi aussi, une excellente année de danse. Je vous laisse.

Les élèves commencèrent à prendre place à la barre pour suivre le premier cours de danse de l'année qu'allait donner la Grande Mademoiselle en personne. Marie, intriguée, réussit enfin à se faufiler jusqu'à la nouvelle. La jeune fille finissait de se faire un chignon, en un tour de main. Quelques mèches cependant dépassaient de son chouchou élastique. Décidément, elle osait tout.

– Bonjour, chuchota Marie. On ne s'est jamais vues… Je m'appelle Marie Pietro… enfin, Maïka. Et toi ?

Son interlocutrice se contenta de lui répondre par un très bref :

– Je sais.

Puis elle s'éloigna rapidement et alla prendre place à la barre. *« Et en plus elle n'a pas dit son nom… »* nota Marie déconcertée. Outre cette réponse assez sèche, elle avait cru remarquer un mouvement de recul dans l'attitude de sa comparse. Elle se rendit alors compte qu'elle était seule au milieu de la pièce. Entre-temps, un homme avait rejoint le cours et s'était installé au piano. Claude Bessier, ainsi que tout le reste du groupe, l'attendaient.

Marie s'empressa d'aller se placer à son tour. Aux premiers accords du piano, elle ferma brièvement les yeux. Le mieux était encore de se concentrer. Heureusement, la routine quotidienne de la danse avait toujours eu pour vertu de l'apaiser.

– Première position et… un et… plié… et dégagé devant et posé… Et tendu côté et reviens… Et arrière, reviens… Et côté… reviens, commença Claude Bessier.

Marie se laissa absorber rapidement par ces « gammes » qu'elle connaissait par cœur. Le rituel immuable de l'échauffement lui avait toujours plu. Bien décidée à débuter au mieux cette année décisive, elle se focalisa sur la qualité et l'exactitude de chacun de ses gestes. Car elle le savait : il ne fallait pas attendre l'occasion d'un spectacle pour se donner entièrement. C'était en essayant de faire le plus exactement possible le moindre petit mouvement que l'on pouvait tenter d'approcher la perfection. En cette première journée, la jeune danseuse réussit de cette manière, de cours en cours, et jusqu'au soir, à mettre de côté toutes les questions que cette drôle de rentrée faisait naître en elle.

À la fin des leçons, toujours intriguée par l'absence d'Elsa, elle alla se renseigner au bureau de mademoiselle Renucci. Mais elle trouva porte close : sans doute très occupée par la rentrée scolaire, la directrice adjointe s'était absentée.

4

– Salut la Corse !

– Salut la Parisienne ! Tu fais bien d'appeler, ça me fait plaisir. Il était temps qu'on se parle ! répondit Tina, la voix pleine d'entrain. Tu es où, là ? J'entends passer une ambulance… Ce n'est pas toi qu'on veut emmener à l'asile de fous au moins ?

– Ha ! Ha ! Je te téléphone d'en bas de l'immeuble. Au foyer, il y a un appareil à l'étage, mais tout le monde peut entendre ce qu'on dit, alors…

En ce deuxième dimanche de septembre, Marie était sortie appeler sa meilleure amie depuis une cabine téléphonique. Après cette semaine de reprise, elle avait grand besoin de partager avec elle ses impressions. Les deux jeunes filles s'étaient saluées comme à leur habitude, soulignant à leur manière la distance géographique qui les séparait. Cet obstacle ne les avait pas empêchées de conserver, au fil des mois et des années, une complicité inébranlable, qui représentait beaucoup pour l'une comme pour l'autre.

– Comment ça va ?

– Moi, pas mal. Et toi ? Tout se passe bien ?

Marie réfléchit un instant avant de répondre :

– Oui et non. Je ne sais pas trop… J'ai tellement de choses à te raconter… Je sais à peine par quoi commencer.

La journée avait été un peu morose. Bourrasques et giboulées s'étaient succédé, ne laissant que rarement la place à un pâle ciel bleu. À cette heure, un orage semblait se préparer. Au bout du fil, un rire clair rasséréna un peu Marie :

– Alors tu veux un conseil ? Commence par le commencement ! Ha ! Ha ! Ha ! Dis-moi d'abord : est-ce que tu es bien installée ? s'enquit Tina.

– Très bien. Maintenant on habite des appartements-foyers, à quelques rues de l'Opéra. Les filles sur deux étages et les garçons à un autre. C'est simple, mais mignon, avec des chambres et des douches individuelles.

– Dis donc, ça fait envie. On dirait un vrai hôtel quatre étoiles, pouffa Tina.

– C'est exactement ce que papa en dit !

– Tu veux que je t'envoie une selle de cheval, pour te servir d'oreiller ? Il paraît qu'il faut dormir sur du dur pour garder le dos bien droit et avoir les idées claires.

– Aïe ! Non merci ! Et en même temps, je suis déjà tellement crevée que je m'endors tous les soirs en deux minutes. J'ai du mal à croire que j'étais en vacances il y a encore quelques jours. Alors oreiller ou selle de cheval, si ça se trouve, je ne ferais pas la différence.

– Tu as retrouvé tes copines ? Cécile, Anita, Lison… heu… Marie-Paule, Leïla, Garance… énuméra Tina qui connaissait la plupart des prénoms par cœur. Et Elsa bien sûr ! Je parie qu'elle est avec toi dans la chambre.

– Oui… et non, répondit Marie. Tout le monde a repris. Ou presque. Il y a même une nouvelle élève, tombée de la lune et pas très sympa… Figure-toi qu'Elsa n'est pas là.

– Pas là ? s'étonna Tina. Pourquoi, pas là ? C'est bizarre.

– Je ne te le fais pas dire ! Et personne n'a encore pu me dire pourquoi. J'ai essayé d'en savoir plus, mais le Cactus n'est jamais à son bureau. Personne n'a l'air au courant de la raison de son absence. Et de toute façon, soit les filles n'ont pas le temps d'y penser, soit elles se disent : « Tant mieux, une concurrente en moins… » Tu vois un peu…

– Je vois que l'esprit de camaraderie est toujours aussi fort entre danseuses, ironisa Tina. Et Aurore, au fait ? Tu ne m'en as pas encore parlé, mais je parie qu'elle est là, elle…

– Oui, bien sûr. J'aurais nettement préféré Elsa à sa place. Aurore est là et je peux te dire que les vacances d'été ne l'ont pas changée. Elle a passé la semaine de rentrée à faire semblant d'être malade et à faire courir le bruit que ce serait à cause de ma mère…

– Quoi ? Comment ça ?

– Oh, c'est une longue histoire. Maman est venue m'aider à m'installer… Tu sais comment elle est… Toujours à s'inquiéter. Elle était très enrhumée. Au moment où elle allait partir, elle a éternué et devine sur qui on est tombées ?

– Aurore-tu-te-prends-pour-qui !

– Exactement ! D'ailleurs elle m'a posé la question : « Tu te prends pour qui ? »

Tina s'esclaffa.

– Et durant toute la semaine, elle a joué les grandes tragédiennes, rit à son tour Marie. Elle venait en cours drapée dans de grands châles. Elle les enlevait au dernier moment. Elle n'arrêtait pas de faire semblant de renifler, de tousser et même de se moucher. Bref : la grande scène de l'acte deux. Tous les jours. Tu vois un peu.

– Quelle pauvre fille ! On devrait peut-être prier les dieux pour elle ?

– Tu veux dire la supplier d'arrêter, plutôt ?

– Et les profs ? Ils ne réagissent pas ? Ça ne leur fait rien, tout ce cinéma ? Et les autres élèves ?

– Oh ! je pense que les profs ont bien vu qu'elle faisait semblant… Côté élèves, c'est autre chose. Elle a toujours sa petite cour autour d'elle. Je suis sûre qu'elle a dû leur dire des trucs sur moi parce que…

Au lieu de finir sa phrase, elle s'interrompit. Tina laissa passer une seconde avant de l'inviter à poursuivre, d'une voix douce :

– Parce que quoi ? Tu t'es sentie seule, c'est ça ?

– Oui, avoua Marie. Heureusement que tu es là, tu sais ? Parce que avec Aurore… Elle s'arrange pour être au centre et tout en jouant les intéressantes, elle trafique… Et maintenant, j'ai l'impression qu'elle raconte des choses aux autres… Il y a une distance…

– Tu es sûre que ça vient d'elle ? Ce n'est pas juste que vous êtes toutes préoccupées par cette nouvelle année ?

– J'espère que c'est ça, mais avec Aurore, je me méfie. Depuis le temps, je sais comment elle fonctionne…

– Alors ne te gâche pas la vie, conseilla Tina. Ne fais pas trop attention à elle. Tu sais, moi, quand je monte, je dois faire attention au caractère du cheval et en même temps, si je ne tiens compte que de ça, j'ai toutes les chances de me retrouver par terre !

En l'entendant, Marie se sentit rassurée. Son amie savait tellement bien trouver les mots justes pour évoquer les situations. Danse et équitation, leurs passions respectives, n'avaient rien à voir, mais Tina trouvait toujours une manière de comparer leurs expériences qui permettait à Marie de dédramatiser les choses.

– Est-ce que vous avez eu droit au discours de rentrée de la directrice ? l'interrogea Tina.

– Et de la directrice adjointe, bien sûr !

– Le Cactus vous a piquées ?

– Endormies, plutôt… répondit Marie en pouffant. Tu aurais dû l'entendre. Elle n'a pas manqué d'insister sur l'honneur qui est fait aux petits rats d'étudier dans un cadre aussi prestigieux… Sur l'école qui existe depuis Louis XIV… et patati et patata…

– Laisse-moi deviner, l'interrompit Tina : « Du haut de ce grand escalier, de cette grande scène et de l'immense toit du palais Garnier, deux cent cinquante ans de tradition vous contemplent ! »

– Tu as tout compris ! Dis-moi : tu ne lui aurais pas soufflé son discours par hasard ?

– Moi ? Heu… Je n'y suis pour rien, je te jure. C'est juste que, à force… je finis par connaître la chanson.

– Une vraie berceuse ! se lamenta Marie.

– Eh ben ! Un cactus qui donne la maladie du sommeil, il faut le faire !

– Et je peux te dire qu'elle a prononcé tout ça sur un ton dramatique, avec une voix d'outre-tombe, comme si quelque chose de très, très grave était arrivé. Elle pensait peut-être qu'on allait se mettre à trembler de peur ou même à pleurer. Tout le monde est resté bien sérieux, mais je suis sûre que certains d'entre nous avaient juste envie de rire. Moi, j'ai dû faire de gros efforts pour l'écouter. Et d'ailleurs je n'ai pas tout entendu.

– Quoi ? Ainsi donc vous vous moquez du passé, mademoiselle ? Je suis choquée, plaisanta Tina.

– Ben… Disons que la vraie chose qui compte pour moi, cette année, c'est le concours de fin d'année.

Tina marqua un temps d'arrêt.

– Quoi ? Tu dois à nouveau passer un concours ? Tu plaisantes ? Pourquoi ce n'est pas un examen ?

– Pourquoi ? Parce que c'est comme ça, qu'est-ce que tu veux que je te dise ! Ils ne veulent garder que les meilleurs éléments. Il y a toujours une marche de plus à monter. Je n'y peux rien, lui répondit Marie.

– Mais enfin je ne comprends pas ! Tu as passé un concours pour entrer à l'école, quand tu étais petite. Tu es devenue officiellement un petit rat, mais on t'a expliqué que tu devrais passer un examen chaque année. Tu as passé et réussi tous tes examens, année après année, et malgré ça on va encore te faire passer un concours ?

– Oui, oui, c'est bien ça, confirma Marie. C'est la loi quand on est en première division, qu'est-ce que tu veux. Dernière année d'école et épreuve du feu !

Comme en écho à ce qu'elle venait de dire, un éclair zébra soudain le ciel gris ardoise de la capitale.

– Si tu es prise, tu auras un diplôme de fin de formation, c'est ça ?

– Non. Le concours n'est pas fait pour avoir un diplôme. Il permet d'être pris dans le corps de ballet.

– Je croyais que tu étais déjà membre de l'Opéra.

– Oui, à ma façon, mais pas tout à fait. Si je réussis, je deviendrai une vraie danseuse professionnelle, membre de la troupe. Je serai payée, j'aurai un contrat et tout et tout.

– Wouaaaah ! Ça fait chic, dis donc ! Mieux qu'un diplôme.

– Oui, sauf que ce n'est pas encore gagné. Il n'y a pas beaucoup de places dans la troupe. En tout cas au niveau où je pourrais rentrer, celui des quadrilles. Alors ils ne prendront que les meilleurs éléments…

– Mais tu es déjà l'une des meilleures !

Marie sentit passer en elle une onde de bonheur à l'idée du soutien indéfectible de son amie. Au même instant, de grosses gouttes de pluie commencèrent à s'écraser avec force contre les vitres de la cabine.

– L'une des meilleures à tes yeux, reprit-elle. N'empêche que je devrai tout de même le prouver au jury…

– Mais c'est incroyable ! protesta encore Tina. Comment peuvent-ils être aussi durs ? Ce n'est pas possible à la fin… Moi, je trouve que tu devrais être embauchée d'office. Ça ne leur suffit pas de te voir travailler comme une folle année après année ?

– Malheureusement non, fit Marie d'une voix résignée. Il faut montrer qu'on reste au niveau.

– Eh ben moi, je trouve qu'à la place du concours on devrait vous passer au sérum de vérité pour mesurer vraiment votre passion. Une piqûre de sérum et hop ! on t'endormirait à moitié avant de te poser des questions du genre : « Mademoiselle Marie Pietro, avez-vous rêvé toute votre vie de devenir danseuse étoile ? » Et là, naturellement, on t'entendrait répondre « Oui, j'en ai toujours rêvé » et ce serait réglé, tu ne crois pas ?

Un petit sourire recommença à poindre sur le visage de Marie.

– Je n'en suis pas trop sûre, non…

– Bien sûr que si ! Imagine, insista Tina. On poserait la question à Aurore et elle répondrait : « Moi, j'ai toujours rêvé de détruire toutes mes concurrentes, puis de prendre mon tapis volant jusqu'aux étoiles ! »

Cette fois Marie emboîta plus franchement le pas à son amie. Se moquer un peu d'Aurore Bessier était de bonne guerre.

– Qui sait ? La Grande Mademoiselle la ferait peut-être monter dans une fusée pour l'envoyer définitivement le plus loin possible dans l'espace ?

– Et hop ! Adieu pour toujours ! Tu l'imagines devenant un minuscule point noir disparaissant dans l'azur ? Envolée, Aurore ! Pfuit ! Ce ne serait pas trop tôt !

Les deux amies éclatèrent de rire. La pluie continuait à tomber de plus belle sur les rues de Paris, mais en entendant Tina, Marie se reliait quelques instants à son île bien-aimée.

– Tu ne m'as pas parlé de la nouvelle élève. C'est qui, celle-là ?

– Une certaine Joséphine Tolédo, répondit Marie. Je ne sais pas par quel miracle elle est là, mais elle danse plutôt bien.

En réalité, Marie gardait pour elle ses craintes : Joséphine Tolédo dansait extrêmement bien. La semaine avait suffi à faire comprendre à toutes les filles de la promotion qu'une concurrente sérieuse venait d'arriver.

– Une tricheuse, alors ? siffla Tina.

– Une bêcheuse, plutôt. Je suis allée la saluer, mais elle m'a à peine répondu. Je ne suis tout de même pas pestiférée !

– Oh, ça, ça reste à vérifier !

– Ah ben c'est gentil, dis donc… Allez, l'heure tourne, je file. Je te salue, ô toi la Reine des cavalières, la souveraine du royaume de la Galopade échevelée…

– Ô toi la Reine du grand écart, des déboulés et des sauts aériens, je te fais la révérence.

Un instant plus tard, Marie ressortait de la cabine le sourire aux lèvres et le cœur allégé. Elle partit en courant, réalisant trop tard qu'elle n'avait pas pris le temps d'interroger Tina sur sa rentrée à elle. *« Quelle égoïste je fais ! »* se reprochait-elle, pendant que de grosses gouttes froides lui tombaient dans le cou. En réalité, la pluie la laissait indifférente car la conversation lui avait fait un bien fou. Aurore n'avait qu'à bien se tenir. Plusieurs siècles de danse classique la contemplaient tout autant que les autres danseuses.

5

– Aaaatchoum !

Depuis les toutes premières lueurs du jour, Marie n'en menait pas large. Réveillée par une sensation d'étouffement après une nuit agitée, elle avait tout de suite compris qu'un coup de froid prenait d'assaut son nez et sa gorge. Puis la migraine avait alourdi le tableau avec cette sensation qu'elle avait éprouvée d'une allumette frottée un instant avant de s'enflammer. *Tchikiiiiii*... Jaillie d'un seul coup, la douleur était allée se loger à la vitesse de la lumière sous le crâne de la jeune danseuse, directement là, derrière l'occiput. Au début, Marie parvenait à la supporter car elle n'était encore qu'un gros point sensible, tapi en embuscade. Puis lentement, sûrement, la douleur avait commencé à sortir de cette zone grise pour se diffuser peu à peu au reste de sa tête. Depuis – cela allait bientôt faire trois heures – Marie avait l'impression d'être comprimée par un étau. *« Quel mal de tête ! Mais quel mal de tête horrible ! »* De quoi avoir envie d'aller s'allonger dans le noir complet jusqu'à la fin du monde… Sauf que c'était impossible. Elle ne pouvait pas et ne voulait à aucun prix rater les cours. Elle se força à se redresser et à s'asseoir au bord de son lit. Au prix d'un intense effort, elle réussit ensuite à se mettre debout et fit deux pas vacillants avant de retomber sur le matelas, vaincue. Que faire ? Elle tenta de prévenir ses camarades de la chambre mitoyenne en donnant des coups sur le mur, mais manifestement personne ne l'entendait. En attendant de trouver une solution, la jeune danseuse ferma les yeux et, gagnée par la fatigue, finit par se laisser glisser dans un sommeil en demi-teintes.

Deux heures étaient passées quand elle rouvrit les yeux. Le repos lui avait permis de réparer un peu ses forces et, grâce à ce léger mieux, elle put cette fois se lever et faire quelques pas jusqu'à sa salle de bains où elle prit le temps d'une douche longue et bien chaude avant d'enfiler ses vêtements. Le mal de tête s'était atténué et les ondes de fièvre qu'elle avait ressenties dans la nuit semblaient avoir disparu. Marie effectuait néanmoins chacun de ses gestes au ralenti. Elle avait l'intention d'aller prévenir l'école depuis l'appareil de l'étage, mais une certaine prudence restait nécessaire.

– Oh zut ! Quelle malchance ! s'exclama-t-elle en découvrant qu'il fallait des pièces de monnaie pour téléphoner et qu'elle n'en avait aucune. Comme dirait Tina, il y a des jours comme ça où rien ne marche dans le bon sens…

Elle retourna donc dans sa chambre où elle s'équipa pour sortir et affronter au mieux la température d'automne. Entêtée… Agitée… Orgueilleuse… La jeune danseuse se connaissait plusieurs défauts, mais s'en félicitait à cette heure où elle devait puiser si fort dans sa volonté. Et c'est enveloppée dans plusieurs couches de vêtements et drapée d'un châle qu'elle réussit finalement à sortir de l'immeuble. À quelques mètres de là, elle croisa son reflet dans la vitrine d'un magasin. Sa silhouette lui parut tristement risible. Quelques jours plus tôt, Aurore s'était inventé un personnage très ressemblant au sien, afin de se faire remarquer et plaindre de tous. *« Dire que personne n'est là pour me voir... et surtout pour m'aider ! »* Marie dut attendre d'avoir atteint la cabine téléphonique pour s'apercevoir que sa carte ne fonctionnait plus et qu'il lui était une nouvelle fois impossible de passer un appel. Les dieux – ou peut-être plutôt des diablotins – semblaient décidément conspirer à contrecarrer ses plans. Alors que faire ? La jeune danseuse se sentait à nouveau si mal que les quelques rues à parcourir pour rejoindre l'Opéra lui paraissaient une immensité infranchissable. À ses yeux à nouveau troublés par la fièvre, les voitures circulaient soudain dans les rues tels des bateaux en perdition. Et au milieu de ce flot, elle-même se voyait comme le matelot dépassé d'une frêle goélette, aux prises avec des vents contraires. Elle choisit pourtant de continuer à avancer malgré tout vers l'Opéra. Elle tenait à tout prix à prévenir la directrice adjointe de son état. Elle reprit péniblement sa progression. Un pied après l'autre, vaille que vaille, elle se dirigeait vers l'École de danse.

– Et d'une ! se dit-elle tout haut, après avoir atteint le bout de la rue. Et de deux… fit-elle encore quelques dizaines de mètres plus loin.

En temps normal, l'itinéraire prenait une dizaine de minutes, mais là, Marie avait le sentiment de se propulser en avant à la force du poignet. Quinze minutes plus tard, à bout de forces, elle s'interrompit pour pousser la porte d'une pharmacie.

– Je… J'ai besoin de quelque chose contre la fièvre et le rhume, soupira-t-elle en prenant appui sur le comptoir.

Son visage blême ne laissait aucun doute.

– Certainement, mais avez-vous vu un médecin, mademoiselle ? s'alarma la pharmacienne.

En guise de réponse, Marie secoua la tête avant d'être saisie par une rafale d'éternuements.

– Je peux vous donner des comprimés et du sirop, mais vous devez absolument consulter et vous mettre au chaud. Le plus vite possible apparemment.

Ses médicaments en poche, Marie tenta pourtant encore de faire quelques pas dans la direction de l'Opéra. Elle sentait cependant la fièvre la reprendre peu à peu et, après une lente et longue progression, il lui devint bientôt impossible de faire un pas de plus. Le palais Garnier, qui se dressait à une centaine de mètres d'elle, paraissait le bout du monde. Après un regard à la ronde, Marie repéra un refuge possible, une brasserie vers laquelle elle se dirigea en chancelant. À peine entrée, elle s'effondra sur la banquette la plus proche. Il était temps !

– Une infusion de verveine et une carafe d'eau, commanda-t-elle d'une voix faible au serveur en belle livrée noir et blanc qui se présenta devant elle.

En attendant ses boissons, elle s'accouda sur la table et posa son menton dans le creux de ses mains pour empêcher sa tête de dodeliner. Heureusement, elle put bientôt prendre un comprimé d'aspirine et commença à sentir progressivement ses effets se propager en elle. En attendant que l'infusion tiédisse, elle reprenait pied avec le réel et observait, autour d'elle, l'activité et les déplacements.

« Oh là là, c'était ici ! »

Marie venait de comprendre que la brasserie où elle se trouvait était précisément celle où, six ans plus tôt, elle avait fébrilement attendu avec sa mère de connaître les résultats du concours d'entrée à l'École de danse. L'alcôve où elle s'était assise pour la première fois avec Elsa et Émilie Golovinoff se trouvait à quelques pas. C'est là que les trois fillettes passablement intimidées avaient bavardé, en espérant se détendre. Elle se rappelait l'émotion indicible qu'avait été sa réussite, tellement forte et étrange à la fois qu'elle n'avait pas réussi à comprendre ce qui lui arrivait. Et comme toujours, l'échange téléphonique ultérieur avec Tina avait permis de donner toute sa dimension à l'événement. Car tout n'était pas que peine, fièvre et rivalités, Marie avait également toujours pu compter sur l'amour des siens et l'affection sincère de sa grande amie. Elle se redressa sur sa banquette et héla le serveur. Une idée venait de germer dans son esprit.

– S'il vous plaît, avez-vous quelques feuilles de papier et une enveloppe ?

Elle allait profiter de cet arrêt forcé pour écrire à Tina et lui exprimer tout ce qu'elle n'avait pas su lui dire la veille.

« Ma Tina, ma chère, ma meilleure amie… » Elle mâchouilla un instant son stylo puis, bien vite, se laissa absorber par les idées qui lui venaient à l'esprit. « Je suis ta tête et

tu es mon corps ! » disait Tina lors de cette fameuse année où elle avait subi un terrible accident de cheval. De son enfance brutalement interrompue, la fillette avait su tirer des leçons extraordinaires : vivre sa passion plus que jamais et chaque jour, mais également savoir rire pour prendre du recul avec la gravité. Cette époque paraissait à Marie à la fois si proche et si lointaine ! Pour faire à son amie un clin d'œil, Marie reformula sa phrase : « Aujourd'hui, si tu savais, j'ai mal à la tête et je n'ai plus de corps… du moins pas aujourd'hui car j'ai une fièvre de… cheval, comme on dit. Alors je pense à toi très fort et je t'écris parce que je voudrais te remercier de toute l'attention que tu me portes. Je me sentais toute contente, après notre conversation d'hier soir. Tu m'as permis comme toujours d'exprimer ce que j'avais sur le cœur. Je suis sortie de la cabine téléphonique toute légère. Il pleuvait très fort (d'ailleurs, c'est à ce moment-là que j'ai dû attraper froid). J'aurais pu parodier une fameuse scène de film *Chantons sous la pluie*, mais bon, ça aurait eu un goût de déjà-vu, pas vrai ? Ha ! Ha ! Ha ! Là, je t'écris du fond d'un café où je viens d'échouer comme une baleine (bon, pas aussi grosse !) sur la banquise et je suis heureuse de te dire ceci, ma Tina : tu comptes fort, si fort pour moi. Et je te souhaite de réussir cette année dans tout ce que tu entreprendras. On va y arriver aussi bien l'une que l'autre, tu vas voir. Concours ou pas concours ! Et la prochaine fois que je t'aurai au téléphone, je ne me contenterai plus de parler de moi, je te le promets. Tu pourras compter sur moi, comme je peux – comme j'ai toujours pu – compter sur toi ! Je t'embrasse très fort. Marie. P-S 1 : Je garde les microbes pour moi ! P-S 2 : Lettre à mettre dans un cadre d'or et à accrocher au-dessus de ton lit. »

Si Marie avait relevé la tête un instant, tandis qu'elle écrivait, elle aurait pu voir passer mademoiselle Renucci sur le trottoir d'en face. Le Cactus avait en effet emprunté précisément la même avenue que Marie. Puis elle avait tourné et poursuivi son trajet de son petit pas piqué, le dos droit comme un i, jusqu'au foyer des premières divisions… Un peu plus tard, Marie refermait son enveloppe et y collait un timbre. Rompue de fatigue, elle renonça à parcourir la centaine de mètres qui la séparaient de l'Opéra. Et tandis qu'elle rebroussait chemin à petits pas pour se mettre au chaud dans son lit, la directrice adjointe retournait à l'École de danse par un autre chemin, la bouche pincée, fâchée de n'avoir pas trouvé au foyer la danseuse absente. Comment avait-elle pu oser sortir sans prévenir personne, sans y être autorisée ?

« *Quand le chat n'est pas là, les souris dansent...* » se disait en bougonnant mademoiselle Renucci.

6

Le lendemain matin, Marie ouvrit un œil étonné et hésitant.

« J'ai l'impression que je me sens mieux », se dit-elle à voix basse, sans trop y croire.

Elle ne s'attendait pas à un soulagement aussi rapide après sa crise de fièvre. Était-elle sortie du brouillard comme elle en avait l'impression ? D'après son réveil, elle venait de dormir une bonne douzaine d'heures. Et ce sommeil, manifestement, avait eu des effets très réparateurs car sa migraine avait disparu et avec elle ce flou perpétuel dans lequel elle avait été plongée la veille. Dans son for intérieur, la jeune danseuse savait qu'il était trop tôt pour se fier totalement à cette sensation d'apaisement. D'ailleurs, une série d'éternuements la rappela à l'ordre. Mais chez Marie, le désir de danser dépassait tout et la rendait impatiente de reprendre les cours sans tarder. Elle s'assit sur son lit pour mieux examiner la situation. Son nez était encore très pris et sa gorge, enflammée, mais pour le reste – jambes, bras, torse, cou –, tout semblait parfaitement fonctionner. Comme l'idée de devoir passer une nouvelle journée à ne rien faire l'ennuyait par avance, la question fut vite réglée. Marie décida de croire à cette soudaine éclaircie. Pour elle, une ligne de bleu commençait à poindre dans le ciel, comme après un orage.

« Si je prends des cache-cœurs, des guêtres de laine et... une demi-douzaine de paquets de mouchoirs, je devrais m'en sortir », se dit-elle.

Elle se savait encore chancelante, mais elle choisit malgré tout d'ignorer la petite voix intérieure qui lui recommandait de s'accorder encore quelques heures de repos et elle se dirigea vers la salle de bains.

Une heure et demie plus tard, les camarades de Marie la virent arriver dans la salle du premier cours de danse de la matinée. Elle était en tenue – justaucorps, collants et pointes aux pieds – mais elle avait également le cou enveloppé d'une écharpe de laine épaisse. Aussitôt les questions fusèrent :

– Qu'est-ce qui t'arrive ?

– Qu'est-ce que tu as ?

– Tu étais où ? On ne t'a pas vue hier…

Tout en s'échauffant les articulations avec un détachement apparent, Aurore et ses suivantes l'observaient à la dérobée. Aussi, comme elle ne voulait donner à personne l'occasion de se réjouir de sa maladie, Marie préféra fanfaronner :

– Oh, je suis allée faire un tour dehors, dit-elle en riant. On n'a jamais le temps d'aller se promener dans Paris. Alors comme il faisait beau…

En l'entendant, ses camarades écarquillèrent les yeux, mi-surprises mi-admiratives, sans trop savoir si elles pouvaient la croire. De son côté, Aurore se mit à persifler :

– Pff ! Il y en a qui travaillent toute la journée pendant que d'autres se la coulent douce, lança-t-elle d'un ton acerbe.

– Qu'est-ce que tu dis ? Je n'ai pas bien entendu ? releva Marie aussitôt.

– Je pense que quand on est élève à l'Opéra, on doit travailler sans cesse, au lieu de faire des choses défendues. C'est une question d'honneur, si tu veux savoir. Je ne sais pas ce qui me retient de ne pas te dénoncer, mais je peux te dire que ce n'est pas comme ça que tu réussiras le concours…

– Aaaaatchoum ! répliqua Marie involontairement.

Aurore recula, affichant une moue dégoûtée.

– Et en plus, tu veux rendre tout le monde malade ! s'écria-t-elle. Non merci, hein ! Ta mère m'a déjà fait le coup. En tout cas, ça t'apprendra à sortir. Tu as attrapé froid et c'est bien fait pour toi.

Marie avait heureusement autour d'elle des alliées bienveillantes.

– C'est vrai, c'est ça ? Tu es malade ? s'alarma gentiment Lison. Je m'en doutais…

– Tu as vu un docteur ? Tu t'es fait soigner ? ajouta Leïla.

– Personne n'est venu me voir, mais je me suis débrouillée… souligna Marie avec orgueil.

Aussitôt, Garance protesta :

– Mais si ! Durant la journée, on ne pouvait pas, mais on est passées te voir le soir. On a frappé à la porte, mais tu n'étais pas là…

– C'est vrai ! Tu étais où finalement ? Toujours dehors ?

Sentant peser sur elle le regard d'Aurore, Marie préféra cacher qu'elle s'était endormie très tôt et si profondément qu'elle n'avait rien entendu.

– Motus et bouche cousue, répondit-elle, en ponctuant ces paroles mystérieuses d'un clin d'œil complice.

Le professeur entra dans la salle, accompagnée du pianiste, et instantanément les conversations prirent fin. Marie se défit rapidement de son écharpe, qu'elle alla poser dans un coin. Après s'être mouchée, elle alla prendre sa place à la barre, toute réjouie de ne pas ressentir de fièvre ni de vertiges. Pourtant le cours ne démarra pas tout de suite. D'un petit geste de la main, le professeur la fit venir vers elle. Comme les autres élèves, Marie avait remarqué ses sourcils froncés, qui ne signifiaient rien de bon, mais elle avait pensé que le professeur critiquait sa façon trop bruyante de se moucher. Elle s'approcha timidement.

– Oui, madame ?

– Vous êtes convoquée au bureau de mademoiselle Renucci, lui annonça le professeur. Et cela semble urgent.

– Je… J'ai essayé…

– Ne m'interrompez pas ! J'ai obtenu de justesse que vous puissiez suivre mon cours, mais après, vous aurez intérêt à filer droit… et vite ! C'est compris ?

– Oui, madame, fit Marie, en accompagnant ses paroles d'une petite révérence.

D'un nouveau geste de la main, le professeur lui indiqua de reprendre sa place et le cours put enfin commencer. Pendant que ses camarades prenaient leur petit déjeuner, Marie s'était rendue au bureau de mademoiselle Renucci. Elle voulait en effet lui expliquer les raisons de son absence et attester de sa bonne foi en lui montrant combien elle était volontaire, malgré sa faiblesse. Mais elle avait, une nouvelle fois, trouvé porte close. Le Cactus s'avérait décidément insaisissable.

Cependant, durant toute la leçon, Marie ne put s'empêcher d'appréhender un peu la rencontre avec mademoiselle Renucci. Elle n'était pas attendue mais convoquée. Et tout cela avait ce parfum de sévérité auquel la jeune danseuse aurait dû être habituée, mais dont elle continuait à souffrir depuis sa toute première année de petit rat. Pourquoi fallait-il que les adultes se montrent si souvent aussi durs avec les élèves ? Pourquoi la raideur et la froideur prédominaient-elles ? Les encadrants de l'école pensaient-ils vraiment que les jeunes danseurs se seraient relâchés si on avait introduit un peu de douceur dans les relations comme on met un peu d'huile dans les rouages d'une machine ? Ou s'agissait-il simplement d'une tradition de sévérité dont tout le monde avait eu à souffrir mais que personne ne remettait en question ?

Dans le bureau de mademoiselle Renucci, Marie essayait de contrôler le tremblement qui s'était emparé de ses mains. La directrice adjointe l'avait invitée à s'asseoir avant de se replonger dans la paperasse apparemment urgente qu'elle avait devant elle. De plus en plus inquiète, Marie se raidissait au bord de sa chaise. Après le cours, elle s'était changée le plus rapidement possible et s'était même permis de braver l'interdiction de courir dans les couloirs pour arriver au plus vite. Quelle ironie de devoir attendre désormais frileusement, sans oser poser la moindre question. Mademoiselle Renucci leva finalement les yeux sur elle.

– Mademoiselle Pietro, pouvez-vous m'expliquer ce que vous avez fait hier ? articula-t-elle lentement. Comment exactement avez-vous passé votre journée ?

Marie s'éclaircit la gorge.

– J'étais malade, mademoiselle. J'ai… heu… Je ne tenais pas sur mes jambes…

À ces mots, mademoiselle Renucci réagit :

– Tiens donc ! Vous ne teniez pas sur vos jambes. Pourtant quand j'ai voulu en savoir plus et que je me suis déplacée jusqu'à votre foyer, je n'ai trouvé personne. C'est vraiment étrange. Comment expliquez-vous cela ? Par quel miracle ou par quelle audace vous permettez-vous de disparaître une journée entière, pendant que vos camarades sont en classe ? Personne, que je sache, ne vous a donné l'autorisation…

Marie avait bien sûr perçu toute l'ironie des paroles du Cactus. Qu'il était dur de se sentir ainsi soupçonnée alors que pour elle la journée de la veille avait été un véritable cauchemar ! Elle en ressentait d'ailleurs encore les effets. Elle décida de tout raconter dans le détail.

– Quand je me suis réveillée hier matin, mes camarades étaient déjà parties. Alors j'ai décidé de vous téléphoner, dit-elle. Je voulais vous prévenir que ça n'allait pas, vous savez. Mais je n'avais pas de monnaie, alors je suis sortie de l'immeuble pour appeler d'une cabine à carte. Et en marchant, j'ai commencé à me dire que je pourrais essayer de venir jusqu'ici, à l'Opéra. En cours de route, j'ai eu des vertiges. J'ai acheté des médicaments contre la fièvre à la pharmacie. Et puis je me suis arrêtée dans un café pour reprendre des forces. Demandez aux serveurs s'ils m'ont vue ! J'y étais, vous savez !

Marie n'aurait pas su dire si elle racontait les choses, si elle s'expliquait ou si elle se justifiait, mais l'émotion la gagnait de plus en plus et elle finit par éclater en sanglots.

– Allons, allons... s'adoucit le Cactus. Personne ne vous veut de mal, ma petite Marie. Simplement il arrive que les apparences soient trompeuses. Nous ne voudrions pas que les élèves de l'école se permettent... Vous comprenez ? Cette exigence quotidienne, cette persévérance... Vous devez la vivre sans faillir. On ne peut pas, quand on a votre niveau...

Cette fois Marie protesta vivement :

– J'étais malade ! Je voulais vous prévenir ! Pas m'amuser...

Une quinte de toux l'interrompit avant qu'elle ne finisse, d'une voix faible :

– Je voulais... de l'aide.

Mademoiselle Renucci se pinça les lèvres, consciente qu'elle devait être allée trop loin.

– Allons, je ne veux que votre bien. Tenez… reprit-elle en tendant à Marie un paquet de mouchoirs. Je comprends mieux votre absence… Nous nous serons sans doute croisées sans le vouloir… Je ne pouvais me douter, vous comprenez. Maintenant votre absence est… totalement justifiée. C'est même… eh bien, c'est même très bien de votre part d'être revenue dès aujourd'hui, admit-elle.

Marie releva la tête, surprise. Au lieu de ses piques habituelles, le Cactus avait adouci son langage au point de nuancer ses paroles d'une pointe d'admiration. Cependant, elle ne semblait pas à l'aise et la jeune danseuse comprit que quelque chose de difficile restait à exprimer.

– J'ai quelque chose à vous dire, Maïka, fit mademoiselle Renucci. J'ai eu des nouvelles de votre amie, mademoiselle Golovinoff. Des nouvelles pas très bonnes…

Marie tressaillit.

– Sans doute vous demandez-vous pourquoi elle est absente depuis le début de la reprise des cours. Eh bien sachez qu'elle n'est pas en France, mais à Moscou, dans son pays d'origine, pour un temps indéterminé. Son père, hélas, est terriblement malade. Les jumelles et leur mère sont parties en toute hâte à son chevet. Leur mère m'a appelée ce matin pour me le dire et m'a priée de vous transmettre ces tristes nouvelles.

Marie faillit s'effondrer en l'entendant. Elle pensait bien sûr à l'émotion que devaient ressentir ses amies, parties rejoindre leur père à quelques milliers de kilomètres. Un nœud s'était également formé dans sa gorge à l'idée de sa propre solitude. Comment allait-elle supporter l'absence d'Elsa ?

– Elles reviendront quand ? demanda-t-elle, sans trop d'espoir.

– Difficile à dire, vous imaginez bien, ma petite Marie, s'excusa presque mademoiselle Renucci.

– Et on peut leur téléphoner ?

– Eh bien… Madame Golovinoff ne m'a laissé aucun contact. De toute façon, vous savez, téléphoner jusqu'en Union soviétique coûterait une fortune. Je crois qu'il va falloir simplement attendre d'en savoir plus…

Sa voix s'était transformée, mais à cette heure Marie avait du mal à discerner ses accents pleins de bienveillance. Elle se leva péniblement et se dirigea vers la porte, incapable d'ajouter un mot.

– Vos médicaments, ma petite Marie ? Vous gérez ? Avez-vous besoin d'un médecin ?

Le souvenir d'une grippe qui l'avait saisie deux ou trois ans plus tôt traversa l'esprit de Marie à la vitesse de la lumière. À l'époque, Jeanne Pietro, jugeant l'administration de l'école négligente, avait presque menacé d'attaquer ses responsables en justice. Depuis ce temps, Marie s'était endurcie. Elle sortit du bureau de la directrice adjointe, serra les dents et laissa le souvenir disparaître aux confins de ses pensées…

7

Pour Marie, le reste de la semaine s'avéra laborieux. Elle continuait à se soigner elle-même, prenant ses médicaments comme une faveur qu'elle se serait accordée. Car pour le reste, elle ne s'écoutait guère et rassemblait ses forces courageusement jour après jour, pour suivre tous ses cours. La jeune danseuse mettait un point d'honneur à ne pas émettre la moindre plainte. Elle avait pourtant encore la tête engourdie par son rhume, mais elle était décidée à ne rien laisser paraître de ses difficultés. Dans l'après-midi du vendredi, alors qu'elle croisait mademoiselle Renucci au détour d'un couloir, elle se réjouit intérieurement de voir la directrice adjointe se mordiller les lèvres en l'apercevant.

« Au moins, elle saura que je suis digne de confiance, jubila-t-elle. *Si elle savait que nous sommes pratiquement toutes comme ça, peut-être qu'elle s'adoucirait un peu ! »*

Mais la scolarité à l'Opéra rimait avec sévérité, Marie l'avait compris depuis longtemps. Quel que soit leur niveau, les petits rats n'avaient pas d'autre choix que d'accepter cette discipline de fer.

Le samedi matin, Marie s'accorda une grasse matinée d'une demi-heure plus tard que d'habitude avant de se lever. Elle avait pour projet de passer le week-end hors du foyer des élèves en allant se faire dorloter par ses parents. Après tous ces jours passés à contenir sa peine et sa souffrance, elle ressentait désormais le besoin presque urgent de déposer enfin son fardeau à leurs pieds. Les médicaments avaient fini par faire leur effet. Il était temps de tourner la page en acceptant enfin, sans remords, de se relâcher.

Au milieu de la matinée, Marie sortit de

l'ascenseur le sourire aux lèvres et un joli bouquet d'anémones à la main.

– Papa, maman, ouvrez ! C'est moi ! s'écria-t-elle joyeusement, en appuyant sur la sonnette d'un index décidé.

Comme personne ne répondait, elle sonna à nouveau, puis insista encore en toquant sur la porte. Au bout d'une petite minute de ce manège, la jeune fille sortit sa clé et, ouvrant la porte de l'appartement, dut se rendre à l'évidence : ses parents étaient sortis. C'est alors qu'elle sentit disparaître d'un coup ses dernières défenses. Elle avait fourni tant d'efforts pour faire bonne figure durant la semaine qu'elle ne pouvait aller plus loin. Perdant pied, elle s'effondra sur le canapé du salon, lâchant son bouquet tandis qu'un torrent de larmes lui montait aux yeux.

« Oh non, c'est pas vrai... C'est pas vrai ! »

Pendant quelques instants, il lui fut impossible de réfléchir tant elle était surprise par sa propre réaction. Les larmes roulaient sur ses joues sans discontinuer et secouaient tout son être. Pendant un moment, Marie fut persuadée d'être la jeune fille la plus malheureuse du monde. Il lui fallut encore de longues minutes pour admettre que ses parents avaient dû s'absenter plus longtemps encore qu'elle ne le croyait et que, faute de nouvelles, elle allait devoir rebrousser chemin. C'est alors seulement qu'elle se souvint de la date du jour : l'anniversaire de mariage de Jeanne et Jacques Pietro. Elle avait d'ailleurs été entourée d'un cœur rouge, sur l'éphéméride posée près du téléphone, dans l'entrée. Sans doute ses parents, éternels amoureux, s'étaient-ils discrètement offert une escapade… À cette idée, Marie retrouva le sourire.

L'amour manifeste qu'éprouvaient ses parents l'un pour l'autre l'avait toujours beaucoup émue. Au point que, lorsqu'il lui arrivait de penser à l'avenir, elle espérait pouvoir vivre elle aussi une relation douce et forte. Le visage de Lancelot, son camarade d'école et de duo, lui vint à l'esprit. Lancelot était rentré de vacances aussi beau et fringant que l'un de ces héros romantiques dont fourmillait le répertoire. Durant les deux mois d'été, il avait laissé pousser ses cheveux et s'était présenté à la rentrée coiffé d'un catogan. Dès le lendemain, malheureusement, quelques coups de ciseaux habiles avaient fait disparaître cette pointe d'audace, mais l'image du beau Lancelot avec sa queue-de-cheval l'avait marquée et persistait malgré tout.

Marie se dirigea vers la chaîne hi-fi et farfouilla parmi les disques de musique classique de son père.

– Ah ! Le voilà !

Elle sortit fébrilement l'enregistrement et posa la galette de vinyle sur le tourne-disque. Dès l'écoute des premières notes de Tchaïkovski, les images du ballet lui revinrent. Elle avait déjà eu plusieurs fois l'occasion d'assister à des représentations de *La Belle au bois dormant*. Avec ses camarades, elle s'installait alors tout en haut de la salle de spectacle de l'Opéra, à ces places que l'on appelait « le poulailler ». Il fallait parfois se tordre le cou pour apercevoir les détails, car on manquait de visibilité sur l'ensemble de la scène, mais la sensation demeurait la même : celle d'assister à une somptueuse chorégraphie. Les instruments de l'orchestre – violons, violoncelles, hautbois – donnaient un caractère de fête à l'ensemble. Marie imaginait déjà le roi et la reine recevant des invités à l'occasion du baptême de leur fille, la princesse Aurore. Au lieu de la table, des chaises, du canapé et des fauteuils du salon-salle à manger de ses parents, elle s'inventa une grande salle de réception scintillante, des tapis et des tentures composés de fils d'or, des serviteurs en livrée, des princes et princesses vêtus de tenues de soie et de brocart… D'un geste, elle se débarrassa de son manteau et se mit aussitôt à exécuter quelques pas. D'abord une marche simple et distinguée, le pied en dehors et pointé en avant, pour entrer dans la salle de bal. Puis des révérences à ses hôtes et aux autres invités. Avec un éventail imaginaire, Marie dissimulait son visage et jouait du charme de ses yeux. Enfin vinrent tours et virevoltes au bras d'un cavalier imaginaire…

La première face du disque s'acheva et ramena Marie à la réalité.

« Non, se dit-elle, *je ne vais pas passer le week-end ici toute seule. Autant faire autre chose. »*

Elle alla chercher une feuille de papier et griffonna rapidement un petit mot plein d'affection pour ses parents, avant de quitter les lieux. Entre-temps, une idée lui était venue en tête. Quelques minutes plus tard, elle poussait la porte d'une petite école de danse du quartier…

Devant un groupe de fillettes en justaucorps et chaussons demi-pointes, une dame, debout dos à Marie, donnait des instructions. Si quelques filets d'argent s'échappaient du chignon flou qu'elle portait sur la nuque, sa silhouette mince et svelte moulée dans un ensemble pantalon de jazz irradiait de jeunesse. Quelle émotion pour Marie lorsqu'elle l'entendit dire à ses élèves :

– Bonjour mes petits choux !

C'est ainsi que, dans son enfance, elle entendait « Mademoiselle Geneviève » débuter chaleureusement ses leçons de danse. Marie se glissa dans la salle sur la pointe des pieds, mais le professeur avait l'oreille fine. En tournant la tête vers la nouvelle arrivante, elle découvrit son visage et resta sans voix.

– Bonjour Geneviève, fit Marie d'une petite voix. Je ne voulais pas déranger le cours, juste regarder dans un coin… comme une petite souris.

– Comme un petit rat, tu veux dire ! s'exclama Geneviève. Ça alors, ma petite Marie ! Quelle belle surprise tu me fais ! Je n'en reviens pas…

– Non, la surprise est pour moi, répondit Marie. Mais je ne voudrais pas déranger. Je peux attendre…

Geneviève hésita un instant avant de répondre :

– Eh bien… d'accord. Si tu peux attendre une heure, alors assieds-toi dans un coin et regarde – que dis-je, admire ! – mes mignons petits élèves… mes souriceaux et mes ratons !

Puis elle se tourna de nouveau vers ses élèves.

– Les enfants, la demoiselle que vous voyez là a été élève dans cette école, exactement comme vous. Seulement désormais, elle passe son temps à étudier la danse, toute la journée, à l'Opéra de Paris. Vous vous rendez compte ? C'est une joie pour moi et une chance pour nous toutes de la recevoir aujourd'hui. Qui sait, peut-être qu'elle nous fera l'honneur de danser un peu devant nous, à la fin du cours.

Elle se retourna pour lancer un clin d'œil à Marie. Celle-ci répondit par un sourire et la leçon commença. Les petites élèves allèrent se placer à la barre et Geneviève glissa une cassette audio dans un magnétophone. Attentives aux premières notes de l'enregistrement, elles se mirent aussitôt à suivre les consignes de leur professeur.

– Et première position... Et jambe tendue devant... Et un... Reviens... Et côté deux... Reviens... On garde le dos bien droit... Et glisse derrière... Reviens et de nouveau côté et reviens...

Pendant ce temps-là, Marie observait les lieux. Rien ne semblait avoir vraiment changé si ce n'est que la grande pièce rectangulaire qui lui paraissait autrefois si vaste lui semblait soudain toute rétrécie. Les barres étaient toujours fixées au mur sur chacun des plus longs côtés. Le mur de largeur, au fond, s'animait d'affiches de ballerines et de danseurs connus. Sur l'autre mur, celui près duquel elle se trouvait, un large miroir permettait aux jeunes danseurs de se voir et de se corriger. Enfin, au lieu d'un plafond, une imposante verrière nimbait l'espace d'une belle lumière. Saisie par une douce nostalgie, Marie laissait son esprit voguer au gré de ses souvenirs. Tout avait commencé là, pour elle, sur ce parquet où les fillettes – et un seul garçon – s'efforçaient désormais d'apprendre un enchaînement. Elle aussi avait appris, comme elles, à arrondir les bras au-dessus de la tête, à maintenir ses pointes tendues ou à fixer un point immuable devant elle, pour réussir à exécuter plusieurs tours à la suite, sans tomber. Elle avait aussi connu une liberté rare, en découvrant par l'improvisation les mouvements inédits dont son corps était capable. Car Geneviève s'intéressait à toutes les danses, sans se limiter au style académique.

– Tu ne m'entends pas, Marie ? demanda justement cette dernière.

La jeune danseuse remarqua seulement alors que presque tous les regards étaient tournés vers elle. Les « souriceaux » étaient assis par terre et formaient désormais un large cercle. Geneviève lui adressa un grand sourire et glissa une nouvelle cassette dans son appareil. Dès les premières notes, Marie reconnut la musique. Par un heureux hasard, l'un des thèmes les plus connus de *La Belle au bois dormant* démarra.

Marie n'avait pas besoin de réfléchir à deux fois. Elle ôta ses chaussures et entra rapidement dans le cercle. S'inspirant des pas qu'elle avait tant de fois vus exécutés en spectacle, elle se mit à danser avec gaieté et légèreté. L'air espiègle, elle semblait jouer avec les sonorités de flûte, mimant un musicien avec son instrument puis bondissant et tournoyant sans paraître faire le moindre effort. Le passage choisi par Geneviève se situait dans la dernière partie du ballet, lorsque la princesse a enfin choisi entre ses quatre prétendants et que ses parents et la cour, ravis, s'apprêtent à célébrer enfin son mariage. Emportée par son élan, Marie tourbillonnait sous les yeux fascinés de ses jeunes spectateurs et ceux admiratifs de son ancienne enseignante.

Quand elle s'arrêta, le cœur au bord des lèvres, ce fut un déchaînement.

– Bravo ! Bravo ! Bravo ! criaient les fillettes, tandis que Geneviève s'égosillait en tentant de ramener le calme.

Mais un coup d'œil derrière elle lui fit comprendre qu'elle n'y parviendrait pas rapidement car quelques parents aussi avaient pu assister à la fin de la prestation et Marie reçut également de leur part de vifs applaudissements.

– Je suis tellement heureuse et fière de te revoir ! lança enfin Geneviève à son ancienne élève, tout en la serrant dans ses bras.

– C'est moi qui devrais dire ça, lui répondit Marie, les larmes aux yeux. Si vous saviez comme vous me faites du bien !

– Tu as tellement grandi, changé, embelli, reprit Geneviève… Tu es devenue une ballerine magnifique. Et tu danses superbement bien la princesse Aurore !

– La princesse… Aurore ? Mais c'est vrai, j'avais oublié qu'elle s'appelait Aurore ! C'est la meilleure, celle-là ! s'exclama Marie.

Et cette fois Geneviève eut du mal à comprendre pourquoi, alors qu'elle venait de voir Marie au bord des larmes, celle-ci éclatait soudain d'un grand rire sonore.

8

La visite au cours de Geneviève eut un effet très positif sur Marie. En revoyant les lieux où elle avait fait ses premiers pas de danse, elle avait senti vibrer en elle une corde profonde : celle de la passion pure, cet élan indéfinissable qui la poussait chaque jour à donner un peu plus d'elle-même. « Que de progrès ! lui avait dit Geneviève. Tu danses superbement bien... » Dans les paroles de son professeur, Marie avait entendu poindre une inflexion particulière car, elle le savait, Geneviève parlait avec son cœur. Aussi ses paroles allaient-elles bien au-delà d'un simple compliment : elles étaient teintées d'une chaleur affectueuse et sincère que les élèves de l'Opéra recevaient rarement de leurs enseignants. Après ces retrouvailles si chaleureuses, Marie se sentit véritablement plus forte. Il le fallait car les semaines qui suivraient allaient lui demander d'aller puiser loin dans ses ressources.

Le mois de novembre débuta par un épisode de froid hivernal. La température baissa précocement en dessous de zéro. Toute la France grelottait. À Paris, les « rats » de la première division avaient bien du mal à quitter leur foyer le matin, pour se lancer dans les rues en direction du palais Garnier. C'était la période où le soleil se levait de plus en plus tard et, après quelques heures d'une lumière assez morne, prenait congé de plus en plus tôt. Les élèves devaient repartir dans un froid piquant, bonnets sur la tête et mains gantées, avec de bonnes chaussures aux pieds et plusieurs couches de vêtements pour éviter d'attraper froid. Pour Marie, le vrai bonheur durait sept heures, le temps de ses journées de cours, lorsqu'elle se retrouvait en tenue sur le parquet des salles de travail ou de répétition. À ce moment-là le monde entier s'effaçait :

le vent, le froid mordant, le verglas du matin sur les trottoirs, les doigts des mains et les orteils engourdis. Seule ne comptait plus que l'énergie qui, cours après cours, innervait son corps comme la sève partant des racines pour atteindre le bout des branches d'un arbre. Faisant fi du froid et de l'atmosphère morose qui régnait au foyer des élèves et dans les couloirs de l'école, Marie se raccrochait jour après jour à son désir premier : danser, toujours et toujours plus. Naturellement, son travail acharné lui faisait faire des progrès et elle n'était pas peu fière de pouvoir désormais effectuer certains mouvements avec facilité. De plus, sa ténacité et son entêtement faisaient naître en elle une sorte d'ivresse et elle parvenait ainsi à dompter sa solitude, en oubliant que ses meilleures amies – Tina, Elsa, Émilie – se trouvaient très loin d'elle. Elle réussit de cette manière à traverser plusieurs semaines, les dents serrés, le regard au loin, sans s'apercevoir qu'ainsi elle creusait une distance entre elle et ses camarades de promotion.

Une distance qu'on risquait un jour de lui reprocher…

Un matin, Claude Bessier pénétra dans la salle quelques minutes avant le début du cours. Presque aussitôt, un silence respectueux se fit. Les jeunes danseuses la regardaient, étonnées de son apparition.

– Mesdemoiselles, bonjour, dit la directrice après un rapide coup d'œil à la ronde. Je remplace votre professeur habituel ce matin.

Plusieurs échanges de regards suivirent, mais seule Aurore osa poser une question. Comme chaque fois, elle tenait à montrer qu'elle entretenait une relation spéciale avec sa tante.

– Pourquoi c'est toi ? demanda-t-elle, en insistant bien sur le tutoiement. La prof est malade ?

Pour lui répondre, la directrice préféra détourner le regard et s'adresser au groupe entier.

– Rassurez-vous, votre professeur n'est pas malade. Simplement, je la remplace ce matin. Je sais, c'est inhabituel, je comprends que vous soyez étonnées. En fait, il m'arrive de vouloir en savoir un peu plus sur l'évolution des classes de danse et sur les danseurs individuellement. Donner un cours de temps en temps ou en regarder me permet cette évaluation.

Aurore était sur le point d'intervenir encore, mais Claude Bessier lui coupa la parole :

– Alors allez vous mettre à la barre, je vous prie.

Le pianiste plaqua deux accords. Debout, les talons joints en première position, Marie pensa soudain à toutes les fois où elle avait ainsi débuté un cours. Il était évidemment impossible de les dénombrer. Comme le système d'une montre dont on aurait remonté la mécanique, toutes les danseuses s'ébranlèrent, dans un parfait ensemble…

– Bien, c'est très bien… fit la voix de Claude Bessier.

En l'entendant, Marie se retint de justesse de sourire. Montrer sa satisfaction aurait fait très mauvais effet. Elle venait de descendre le torse en piqué avant, tout en levant la jambe en arrière. Elle le savait : elle parvenait désormais à faire monter sa jambe très haut. Encore quelques semaines d'entraînement et elle pourrait certainement réussir un grand écart vertical. En reprenant position, elle chercha le regard de Claude Bessier, mais celle-ci était en train de corriger une autre élève.

– Et maintenant la batterie, annonça-t-elle. Petits battements d'abord, devant, côté, derrière, côté... Puis les grands. Vous connaissez la chanson.

Aussitôt les danseuses s'exécutèrent. Le dos droit, les gestes précis, Marie maîtrisait parfaitement la demande de la directrice. Elle se réjouissait par avance de pouvoir, une nouvelle fois, lever ses jambes à une hauteur que la plupart de ses camarades avaient du mal à atteindre.

– Et grands battements, dit la directrice.

Marie lança sa jambe avec force, en première position, puis en deuxième et enfin en troisième. Le compliment qu'elle espérait arriva :

– Très bien. Vraiment très bien. Je suis enchantée de voir qu'en matière de niveau vous tenez vos promesses, mademoiselle... Tolédo.

Alors qu'elle se rengorgeait déjà au début de sa phrase, Marie se figea. Ce n'était donc pas à elle que la Grande Mademoiselle adressait ses compliments ?

– Déjà tout à l'heure, j'ai été impressionnée par vos levers de jambe... Là, je dois dire que vous confirmez...

Marie tourna discrètement la tête vers l'autre bout de la salle et aperçut Joséphine Tolédo, les joues roses de contentement. Le seul souvenir qu'elle avait d'elle était la façon si sèche qu'elle avait eue de lui répondre, quand Marie avait cherché à faire sa connaissance. Elle s'était sentie désarçonnée et avait préféré depuis lors prendre ses distances avec la nouvelle inconnue. « Selon l'adage, aurait dit Jacques Pietro, chat échaudé craint l'eau froide. »

– Vous avez décidé de ne pas faire d'adage ? Vous êtes avec nous, Maïka ? la questionna Claude Bessier, avec insistance.

Perdue dans ses pensées, Marie ne s'était pas aperçue que le cours continuait. Elle alla précipitamment prendre place parmi ses camarades au centre de la pièce, non sans entendre au passage le petit rire moqueur d'Aurore. Contrairement à l'habitude, Marie se retrouva au dernier rang, parmi les élèves les plus faibles du groupe. Et elle s'en vexa d'autant plus que Joséphine Tolédo ainsi qu'Aurore Bessier se trouvaient au premier rang. Aussi, durant le reste du cours, Marie fut incapable de penser à autre chose. D'autant plus que la Grande mademoiselle ne cessait de complimenter la nouvelle. « *Que se passe-t-il ?* se demandait Marie. *Est-ce que j'ai raté quelque chose ?* » Joséphine Tolédo était si douée, si blonde, si jolie…

Au moment de la révérence finale, Marie chancela, puis se redressa de justesse. La directrice avait quitté les lieux depuis quelques instants quand elle ramassa ses affaires. Tandis qu'elle rejoignait les vestiaires à pas lents, elle vit Joséphine en sortir aux côtés d'Aurore et de sa petite cour d'alliées habituelles. Les deux filles semblaient liguées. Tournant la tête, Marie aperçut alors dans le miroir le visage d'une jeune fille à l'air préoccupé. Sa chevelure de jais faisait penser à un oiseau noir fatigué par un long vol. « *Quelle horreur ! C'est moi !* » remarqua-t-elle, épouvantée.

9

Marie était en train de coudre des rubans sur une paire de pointes, quand elle entendit frapper avec vigueur.

– On te demande au téléphone ! lança une camarade à travers la porte. Dépêche-toi, ça vient de loin.

– Aïe ! Ouille !

Dans un sursaut, Marie se piqua le bout du doigt. Lâchant son ouvrage, elle se précipita à la cabine de l'étage en courant. Il y eut d'abord un souffle et des grésillements sur la ligne. Marie entendit ensuite deux voix qu'elle reconnut immédiatement :

– Bonjour Marie ! dit l'une.

– Bonjour Maïka ! s'exclama l'autre.

– Elsa ! Émilie ! C'est vous ? Je n'en reviens pas ! s'exclama aussitôt Marie.

– Oui, c'est nous… On voulait te faire signe plus tôt, mais on est au bout du monde, à Moscou…

– Oui, je sais, mademoiselle Renucci me l'a dit, reprit Marie. Je voulais vous appeler, moi aussi, ou vous écrire, mais je n'avais pas vos coordonnées.

– Oh, de toute façon le courrier met des mois à arriver… Et le téléphone, pour avoir une ligne internationale, c'est…

Juste à cet instant, un grésillement prolongé lui coupa la parole.

– Est-ce que… est-ce que ça va ? demanda Marie quand le contact fut rétabli.

Elle hésitait à poser une question directe sur la santé du père de ses amies.

– Eh bien… commença Elsa. Papa n'est pas bien du tout. C'est pour ça qu'on est parties avec maman. Il a fait un malaise… Il a failli mourir, mais heureusement on a échappé au pire. Il va un peu mieux maintenant.

– Alors vous allez revenir bientôt ? demanda Marie, qui s'en voulut aussitôt d'avoir posé une question aussi égoïste.

Elle entendit Elsa pousser un gros soupir au bout du fil.

– J'ai dit « mieux », mais j'aurais dû dire « un tout petit peu mieux ». Les progrès sont minuscules. En fait, il est toujours à l'hôpital… Les médecins ne sont pas sûrs. Maman dit qu'il marche sur un fil… Elle pense qu'on doit rester. On pourrait peut-être passer l'année scolaire ici. En fait, on ne sait pas trop…

Cette fois Marie eut le cœur serré.

– Oui, je comprends, reprit-elle, en se forçant un peu. Mais comment tu vas faire pour la danse ? Tu sais comment ils sont à l'école : ils n'attendent personne, finit-elle avec une légère aigreur.

Elle se mordit les lèvres. Ce n'était pas exactement ce qu'elle voulait dire. Elle aurait voulu exprimer à son amie le désir profond qu'elle avait de la voir. Car il ne s'agissait pas d'autre chose : l'amitié d'Elsa et la complicité si facile qu'elle avait avec elle lui manquaient. Décidément, elle n'arrivait pas à trouver le ton et les paroles les plus sympathiques pour exprimer ses sentiments. La solitude qu'elle avait ressentie si durement durant tout le trimestre ressurgissait malgré elle et se transformait en ressentiment. Elsa prit un temps avant de répondre :

– En fait, maman est allée voir comment m'inscrire ici, au Bolchoï. Je devrais pouvoir y entrer, même si l'année de cours a déjà commencé depuis plusieurs semaines. Ça me permettrait de garder mon niveau… avant de revenir. Tu comprends ?

Cette fois Marie fit un effort pour répondre à son amie avec plus de chaleur.

– Bien sûr que je comprends. Quelle super idée ! On a tous entendu parler du Bolchoï, alors tu as toutes tes chances. Ce serait génial ! En fait, même, l'idéal.

Tandis qu'elle parlait, une sensation étrange de dédoublement l'envahissait. Une partie d'elle-même parvenait à se montrer raisonnable et compréhensive, tandis qu'une autre redoutait déjà l'absence au point de se laisser gagner par avance par la nostalgie.

– Qu'est-ce que tu as dit ? Tu peux répéter, je n'ai pas entendu, fit Elsa.

Marie s'exécuta, mais ses dernières paroles – et étrangement les moins sincères – furent avalées une nouvelle fois par un grésillement sur la ligne.

– Marie, il faut qu'on te laisse. Ça coûte très cher d'appeler d'aussi loin… On ne voudrait pas ruiner maman… Je t'embrasse.

– Bisous ! Bisous ! fit la voix d'Émilie, derrière sa sœur.

– Oui, oui, bien sûr, c'est super gentil d'avoir appelé. Merci ! Moi aussi, je vous emb…

Elle entendit un déclic puis une sonnerie en continu. C'était déjà fini. Déçue, elle raccrocha et repartit à pas lents, le regard dans le vague. Elle n'avait pas encore atteint sa chambre que déjà une étrange tristesse commençait à l'envahir. L'échange avait été si court et si déconcertant ! Son cœur avait atteint des sommets d'excitation avant de dégringoler d'un seul coup jusqu'à terre, pendant que les questions, nombreuses, demeuraient en suspens. Marie regrettait de n'avoir pas demandé de nouvelles d'Émilie. Si sa sœur entrait au Bolchoï, qu'avait-on prévu pour elle ? Allait-elle étudier dans un lycée ? En russe ? D'ailleurs parlait-elle russe ? Et ce père mystérieux dont les sœurs Golovinoff ne parlaient jamais ? Pourquoi avaient-elles vécu en France toutes ces dernières années, loin de lui ? Marie prenait conscience que la passion commune de la danse avait suffi à la rapprocher de ses amies. Une affection très grande s'était développée entre elles trois, sans qu'elles aient éprouvé le besoin d'explorer en détail d'autres aspects de leur vie.

« Au fond, pensa-t-elle avec amertume, *on ne se connaît pas si bien que ça... »*

Dans sa chambre, elle se laissa tomber sur son lit, abattue. Elle voyait sans les voir les chaussons, les rubans et l'aiguille à coudre qu'elle avait abandonnés à terre. Face à elle, le lit d'Elsa demeurait désespérément vide. Jusque-là, par respect pour son amie autant que par superstition, Marie n'avait osé y poser ni vêtement ni objet. Mais il lui paraissait désormais symboliser sa solitude. Elle allait donc devoir apprivoiser plus que jamais ce sentiment qui, certains jours, l'étreignait si fort. Et renoncer aux moments de détente si joyeux, après la douche du soir, où les deux filles échangeaient des potins ou encore se faisaient des confidences tout en se massant mutuellement les pieds. Marie aurait aimé commenter des détails et rire aux éclats avec son amie.

Elle aurait aimé aussi parler à Elsa de la façon dont elle vivait cette drôle de dernière année, de la concurrence toujours plus forte avec ses camarades et de cette nouvelle danseuse, si douée mais si distante… La gentillesse d'Elsa et l'humour d'Émilie lui manquaient.

Durant quelques minutes, Marie demeura ainsi plongée dans ses pensées, incapable de se défaire de cette impression d'un vide immense, autour d'elle. Son regard se tourna vers l'une des affiches qu'elle avait mises au mur. C'était un cadeau d'Elsa : la photo de son idole, Maya Plisetskaya, en tutu blanc, les cheveux entourés d'une couronne de plumes blanches et un minuscule diadème scintillant sur le haut de la tête. Debout sur pointes en cinquième position, les yeux agrandis par le maquillage, elle dansait dans *Le Lac des cygnes*. En l'observant plus attentivement, Marie remarqua les bras de la danseuse, en couronne au-dessus de sa tête et ses mains surtout, dont la position, à la fois croisées et dos à dos, évoquait les ailes d'un cygne affaibli. La photographie avait en effet été prise à ce moment précis du ballet où la mort guettait le cygne blanc. Marie se souvint brusquement l'avoir vue à la télévision. La danseuse était connue dans le monde entier pour la façon dont elle bougeait ses bras dans cette scène, donnant l'impression qu'ils avaient perdu leur ossature pour devenir des ailes. L'argument du ballet voulait que la belle princesse Odette, condamnée par erreur par le prince Siegfried à demeurer un cygne, préfère disparaître à jamais.

Tout à coup, Marie releva la tête et se redressa. Elle venait soudain de comprendre pourquoi elle avait toujours tellement aimé ce ballet. Il y avait bien sûr la sonorité poignante du violon, lorsque la danseuse-cygne apparaissait pour exprimer sa peine dans ses derniers instants. Mais la musique de Tchaïkovski n'était pas la seule raison. Dans cette scène où l'on voyait la danseuse principale pour la dernière fois, le drame de l'incompréhension et de la solitude s'exprimait. Suivant son intuition, la jeune danseuse eut un sursaut et se releva, à la hâte. Une petite voix en elle voulait en finir avec les idées noires.

– Tu n'es pas la plus malheureuse du monde, prononça-t-elle à haute voix.

Sortant de sa chambre, elle se retrouva à nouveau en quelques pas devant le téléphone. Bien sûr, il suffisait de composer l'un de ces numéros au bout duquel une voix familière l'accueillerait avec l'attention, l'affection et l'humour dont elle avait tellement besoin. Vite, elle appuya sur les chiffres et bientôt la sonnerie retentit.

– Allô ? fit la voix de son père.

– Papa ?

– Oh, mon poussin… Je veux dire, ma sylphide, ma Marie, mon grand beau cygne à moi ! Comment vas-tu, ma fille chérie ?

Marie retint une larme et balbutia :

– Je vais… je vais bien, papa. Je vais bien. Je voulais… Oh ! je voulais juste entendre ta voix.

Quelques minutes plus tard, Marie enfilait ses pointes. Son chant à mi-voix suffisait à refaire naître dans son esprit le souvenir des pas de Maya Plisetskaya. Durant un long moment, elle s'exerça à imiter, modestement, la danseuse étoile, selon une interprétation qui lui était toute personnelle. Elle avait compris : certes, le cygne finissait seul et misérable, mais la danse permettait de dépasser le drame pour donner à la tristesse et à la solitude une beauté incomparable.

« Danse, lui avait dit Jacques Pietro. Danse dès que tu vas mal et dès que tu vas bien. Danse pour toi, mon cygne bien-aimé. Tu transformeras ainsi toutes tes peines en beauté et en force. Car ne t'inquiète pas, tu as en toi beaucoup de force, je le sais bien. Cette force, ne l'oublie pas, se situe dans ton mental. Et il serait temps que tu t'en rendes compte. »

Et Marie était retournée dans sa chambre apaisée par ces paroles à la puissance de talisman.

10

À la fin du dernier cours de la matinée, Marie poussa la porte du vestiaire et, aussitôt, un silence pesant s'installa. Ce n'était pas la première fois que son entrée provoquait une telle réaction, mais il lui semblait que le cercle de ses camarades les plus proches se réduisait chaque jour un peu plus. Le matin et le soir, elle avait déjà remarqué, au foyer, l'attitude fuyante de ses comparses. Durant la journée à l'Opéra, la jeune danseuse s'efforçait généralement de jouer les indifférentes, mais il suffisait qu'elle approche d'un groupe pour qu'aussitôt le silence s'établisse et laisse place à des regards méfiants. Après cette interruption, les conversations et les murmures reprenaient autour d'elle, comme si un machiniste de cinéma avait relancé la projection d'un film, resté bloqué sur une image. À force, Marie avait appris à se protéger de ces attitudes distantes en se retirant mentalement derrière un mur invisible mais épais. Cette fois pourtant, elle décida de franchir les limites de sa propre forteresse. Après tout, qu'avait-elle à perdre ? Au moins, en cherchant à s'expliquer, elle gagnerait peut-être un peu en vérité. Elle finit de délacer l'une de ses pointes et, alors qu'elle s'apprêtait à défaire l'autre, elle lança à la ronde, à haute voix :

– Mais qu'est-ce qui se passe, qu'est-ce que vous avez ? Vous croyez que je ne vous entends pas ? Ou que je n'ai pas remarqué vos réactions quand j'arrive ? Qu'est-ce que je vous ai fait ?

Tout le monde se tut à nouveau. Bien entendu, la première à répliquer fut Aurore Bessier. Depuis ce tout premier jour où elle avait pris Marie en grippe, elle avait toujours la même hargne contre elle, comme si elle se devait d'avoir année après année une ennemie jurée, presque sans raison, histoire de rester fidèle à sa réputation.

– Ha ! Ha ! Ha ! ricana-t-elle en relevant la tête. Alors ça y est ? On se réveille ? Mademoiselle Maïka se rend compte qu'on ne l'aime pas ?

– Je ne demande à personne de m'aimer, répliqua Marie. Ce genre de sentiment ne se commande pas. Ce que j'aimerais comprendre, c'est pourquoi vous avez l'air de comploter dans mon dos et pourquoi les conversations s'interrompent quand j'apparais. Je n'ai fait de mal à personne, il me semble, alors dites-moi ce que vous me reprochez à la fin !

Aurore voulut rouvrir la bouche, mais Marie la devança :

– Non, excuse-moi, Aurore, mais pas toi. Tu n'as qu'à aller déjeuner, tu veux bien ? Chaque fois tu parles à la place des autres. Je commence à connaître ton petit jeu. D'ailleurs on commence toutes à le connaître. Ici, il y a des filles qui font semblant d'être tes amies simplement parce qu'elles ont peur de toi. Ou bien elles espèrent que tu pourras dire un mot pour elles à ta tante. Moi aussi, tu m'as longtemps impressionnée si tu veux savoir, mais désormais je n'ai plus peur. Alors tais-toi et laisse un peu les autres parler, tu veux ? C'est à elles que je demande des explications.

Marie disait vrai : malgré un léger tremblement intérieur, elle ressentait en effet plus d'excitation que de peur et n'en revenait pas de montrer une telle assurance. Elle n'avait encore jamais trouvé la force de braver Aurore aussi frontalement. Quelle heureuse surprise de constater qu'elle gagnait en confiance. À croire qu'elle avait fini par tirer une leçon de l'absence d'Elsa et d'Émilie. Elle refusait désormais de vivre sa solitude comme une expérience malheureuse et voulait au contraire en faire un aiguillon pour oser se battre et se défendre seule. « Tu as en toi beaucoup de force… », lui avait dit son père. Elle commençait enfin à le comprendre et à le prouver. Au lieu de l'affaiblir, sa solitude devenait un moteur qui la consolidait. Sans qu'elle s'en rende compte, un sourire léger apparut sur ses lèvres, tandis que ses pensées rejoignaient ses amies à Moscou.

Après tout, elles aussi devaient faire face à l'adversité là-bas. Et c'était bien plus grave que ce que Marie avait à vivre. Pourtant Elsa et Émilie s'efforçaient de continuer malgré leur inquiétude pour leur père. Elsa n'allait-elle pas poursuivre son cycle de danse au Bolchoï ?

Aurore demeura quelques secondes interloquée par la réaction de Marie, puis, en voyant qu'elle souriait, finit par battre en retraite, saisit son sac et partit en bougonnant à mi-voix. Deux ou trois de ses partisanes seulement la suivirent. Les autres filles demeurèrent en arrière. Marie savourait sa victoire. Sans réfléchir, elle se hissa sur son pied droit, celui qu'elle n'avait pas encore défait de sa pointe. Debout sur cette boîte rigide, elle cambrait le cou-de-pied. Lentement, délicatement, elle fit glisser sa jambe gauche le long de la droite, en remontant de la cheville vers le genou, avec un bel en-dehors.

– Vous savez toutes ce qu'est ce mouvement, dit-elle quand elle eut terminé. Vous comprenez donc ce que je veux dire…

Certaines filles autour d'elle froncèrent des sourcils interrogateurs, mais d'autres hochèrent la tête en comprenant aussitôt le symbole.

– Un « retiré », reprit Marie. Parce que j'ai décidé de retirer totalement Aurore de mes pensées. Cette année est suffisamment difficile ! Je ne veux plus subir sa méchanceté. Alors, on parle ? Qu'est-ce que vous me reprochez ?

Il y eut encore un léger flottement, mais les langues finirent par se délier peu à peu.

– Il paraît que ta mère a voulu rendre Aurore malade la veille de la rentrée, dit une fille.

– Et l'année dernière, tu as fait grossir Émilie Golovinoff en lui faisant manger trop de chocolat…

– Et aussi, il paraît qu'Elsa, sa sœur, a quitté l'Opéra parce que tu lui as fait du chantage…

– Et quand on était en quatrième division, tu as conseillé à Anita de se faire opérer la poitrine et l'opération s'est mal passée alors elle est retournée dans son pays, à Cuba…

– Quoi ? Mais je ne lui ai jamais dit ça ! Comment aurais-je pu lui recommander une chose aussi horrible ?

Marie n'en revenait pas d'entendre s'accumuler les rumeurs et les commérages les plus invraisemblables. Leur liste était si saugrenue qu'elle aurait presque pu en rire, mais toutes ces histoires avaient conduit ses camarades à prendre de la distance avec elle. Elle secoua la tête.

– Vous croyez vraiment que je passe mon temps à imaginer des tortures pareilles ? Vous ne pensez pas que je suis plutôt comme vous, passionnée par la danse… et épuisée quand je sors des cours ?…

Autour d'elle, les danseuses hochaient la tête. Certaines même s'excusaient à voix basse. Ce qui avait été au départ une confrontation laissait place peu à peu à une conversation plus raisonnable et sereine.

– On passera toutes le même concours, fit l'une des danseuses, alors inutile de se déchirer avant.

– Il suffisait de parler, en fait… dit Leïla.

– Ou plutôt de danser, lança Garance.

Et pour renforcer ses paroles, elle se mit en cinquième position au milieu du vestiaire et exécuta un beau retiré, suivi d'un développé attitude avant. Le message était transparent : au fond, toutes les jeunes filles présentes n'avaient qu'un seul et unique langage commun, celui de la danse.

Marie vibrait de joie. Il lui restait cependant un détail à régler. Après avoir cherché Joséphine du regard, elle la repéra à la lisière du groupe et se glissa vers elle. Plantant ses yeux dans ceux de sa camarade, elle attaqua avec franchise :

– J'aimerais savoir ce qui ne va pas entre nous.

Joséphine ouvrit la bouche, mais au lieu de s'exprimer clairement, elle se mit à trembler et balbutier.

– Euh… C'est-à-dire que…

– C'est-à-dire que quoi ? insista Marie. Je ne t'ai rien fait à toi non plus, mais chaque fois qu'on se croise, c'est comme si tu me fuyais…

– N… non… dit encore Joséphine. C'est plutôt… t… t… toi.

Marie commençait à comprendre. Joséphine préférait sans doute se taire pour ne pas avoir à lutter contre son bégaiement. Elle comprit également sa distance quand elle la vit sortir de son sac une paire de lunettes à verres épais.

– Dé… so… Désolée, s'excusa-t-elle, en les enfilant.

– Est-ce que tu veux qu'on déjeune ensemble, à la cantine ? proposa alors Marie.

Joséphine acquiesça d'un hochement de tête assorti d'un beau sourire qui exprimait son soulagement.

Quelques heures plus tard, Marie téléphonait à Tina pour lui raconter cette drôle de journée où ses comparses étaient redevenues des camarades.

– Salut la Corse !

– Salut la Parisienne !

– Tu te rends compte ! expliqua-t-elle à propos de Joséphine. Je m'étais imaginée de ces trucs… J'étais persuadée qu'elle m'en voulait et je ne savais pas pourquoi… Je pensais que c'était à cause d'Aurore… Je me disais un tas de choses, alors qu'elle est juste timide, qu'elle voit mal et qu'elle n'ose pas vraiment parler.

– Tu sais, l'interrompit Tina en riant, ça me fait penser au dessin animé qu'on aimait bien regarder à la télé quand on était petites. Calimero, tu te souviens ? Il se croyait toujours mal aimé…

– Ne te moque pas de moi ! répondit Marie. Toutes ces semaines de solitude sans comprendre ce qui clochait…

– J'étais là, lui rappela son amie. Certes, un peu loin, mais j'étais là quand même.

– Oui, heureusement, car ça m'aidait bien, mais parfois je me suis quand même posé des questions. Joséphine, par exemple, je me suis demandé d'où elle sortait pour arriver comme ça, comme une fleur, directement en première division.

– Et alors ? Elle venait de la Lune ou d'une autre planète ?

– Oh, juste du conservatoire. Les élèves inscrits là-bas peuvent passer des concours spéciaux et intégrer l'École de danse de l'Opéra. Tu sais, elle est vraiment très douée et très sympa, Joséphine.

– Ah ! Je vois que tu ne te sens plus du tout en concurrence avec elle, alors. C'est bien. Tu sais, moi, au centre équestre, j'ai eu le même problème avec une cavalière qui venait s'entraîner sans jamais décocher un mot. Je lui disais bonjour et elle répondait bonjour, mais du bout des lèvres, sans rien dire de plus. Dès que je m'approchais, elle partait au galop. J'ai commencé à me demander ce qui n'allait pas chez moi…

– Calimero toi-même, alors ! pouffa Marie.

– Attends ! Tu sais ce qu'elle avait ?

– Non.

– Elle arrive d'Australie, elle n'osait pas parler français ! Maintenant, on fait des chouettes balades, toutes les deux. Je lui ai raconté que je veux travailler dans un cirque.

– Génial ! Comme quoi, il suffit de parler !

– Non, de trotter, de galoper !

– Ou de danser ! On a un nouveau mouvement, tu sais ? Enfin, nouveau… Ce qui est nouveau, c'est de le faire entre nous. Comme un signe de ralliement. Aurore n'y comprend plus rien. De toute façon, aujourd'hui, elle a perdu toutes ses fans.

– Et c'est quoi exactement ? la questionna Tina, avec curiosité.

– On fait des retirés… En fait, c'est le mot

« retiré » qui est fort. On veut vraiment enlever la mauvaise influence d'Aurore de nos têtes. S'en débarrasser, quoi ! Il fallait nous voir aujourd'hui, monter sur nos pointes et faire le retiré sur une seule jambe…

– Donc mademoiselle Tu-te-prends-pour-qui a enfin été obligée de faire profil bas aujourd'hui. Bravo ! Depuis le temps… J'ai l'impression d'entendre une championne raconter sa victoire, fit remarquer Tina.

– Il y a un peu de ça. Tu sais, sur pointes, on est en fait debout sur une minuscule surface. Il y a peut-être seulement deux centimètres carrés en tout, mais si tu savais le sentiment de puissance que ça procure ! On devient invincible !

Tina hochait la tête, à l'autre bout du fil.

– Oui, je vois. Moi aussi, quand je monte, je fais faire des sortes de retiré à mon cheval.

– Je suis sûre que Magnifique fait cela très bien.

– Exactement. Chaque fois, je me sens si étonnamment puissante… Quatre sabots au bout de ses longues pattes d'étalon… et j'oublie pour toujours que l'une de mes jambes me fait boiter…

– Ses sabots, ce sont mes pointes, murmura Marie, émue.

– Tu es forte… répondit Tina sur le même ton.

Et ce mot, en écho à celui que Jacques Pietro avait prononcé, alla prendre sa place dans l'esprit de Marie. Elle avait maintes fois essayé de saisir, par le passé, ces sentiments presque inénarrables que lui donnait la danse. Elle comprenait désormais qu'elle ne se contentait pas de dessiner des formes dans l'espace et d'accomplir le mieux possible des mouvements. Elle exprimait aussi une force, puissante et sereine, qu'elle transmettait à d'autres par son art. Plus que jamais, elle se sentait prête à faire ses derniers pas à l'École de danse pour mieux prendre son envol !

11

Bon anniversaire, nos vœux les plus sincères

Que ces quelques fleurs vous apportent le bonheur

Que l'année entière vous soit douce et légère

Et que l'an fini, nous soyons tous réunis

Bon anniversaire !

Assise entre ses deux parents, Marie les écoutait chanter avec émotion. Chaque année, c'était le même rituel : son père Jacques déposait sur la table le gâteau qu'il avait confectionné pour elle, puis il entonnait avec son épouse la première strophe de la chanson traditionnelle française avant de poursuivre avec le *Happy Birthday* anglais. Les yeux brillants, Marie devait attendre que ses parents aient prononcé le dernier mot de la dernière strophe pour prendre son élan et souffler ses bougies.

– À la une… À la deux… À la trois !

– Bravooooo ! applaudit Jeanne Pietro tandis que son mari sortait des paquets de dessous la table.

Plusieurs semaines étaient passées depuis que Marie avait résolu les tensions avec ses camarades. Le temps lui semblait depuis lors avoir subi une accélération. « Tu le sens passer dans ton corps, mais tu ne le vois pas », lui avait résumé fort justement Tina. Et en effet, comme chaque année à cette période, Marie s'était donnée à fond, se laissant comme jamais absorber par le rythme exigeant de l'École de danse. Pour ses parents cependant, le deuxième trimestre constituait un véritable repère, et en particulier la date d'anniversaire du 2 février qu'ils espéraient fêter avec leur fille à tout prix.

– Seize ans ! s'exclama Jacques Pietro en secouant la tête. Comment se fait-il que tu aies déjà seize ans ?

– Je te revois encore dans tes petits pyjamas de bébé, renchérit son épouse, avec tendresse. Tu étais si mignonne et maintenant, regarde-toi !

– Tu veux dire que je suis devenue un monstre, c'est ça ? pouffa Marie tout en roulant des yeux et en tirant la langue.

– Oh, n'essaie pas de t'enlaidir, tu n'y arriveras pas, corrigea son père en souriant. Ta mère veut dire que tu es encore plus belle et impressionnante que nous ne l'aurions jamais imaginé ! Et tu nous rends si heureux ! Tu le sais bien, d'ailleurs…

Marie hocha la tête d'un air entendu. Bien sûr, elle n'ignorait rien des sentiments de ses parents, mais il était si bon de les entendre exprimés, encore et encore. La foi inébranlable que Jeanne et Jacques Pietro avaient en elle constituait son armure secrète et l'aidait véritablement à aller chaque jour un peu plus loin dans ce parcours semé de difficultés qu'était son itinéraire de danseuse. Débarrassant le premier paquet de ses ruban et papier, elle découvrit une guirlande d'étoiles de papier. Une carte l'accompagnait : sur le recto, un cœur portait la signature de Tina. Le verso montrait une photo de son amie à cheval.

– Elle ne t'oublie jamais, fit remarquer Jeanne en s'emparant de la guirlande que Marie lui tendait.

Elle alla la fixer au mur, au-dessus de la cheminée, pendant que sa fille ouvrait son deuxième cadeau.

– Oh, génial ! Un Walkman ! Vous m'avez gâtée !

Déjà elle sortait l'appareil de ses plastiques et enfilait le casque que sa mère venait de lui tendre.

– Eh bien, on dirait que tu as fait ça toute ta vie ! s'exclama Jeanne. Alors qu'on commercialise tout juste les premiers appareils.

– Oui ! Mais j'ai vu à la télé une publicité pour un Walkman…

– Tu veux dire un appareil à cassettes audio pour déambuler ? fit son père.

– Si tu veux avoir l'air vieux, tu peux le dire comme ça, oui ! fit Marie, moqueuse. Mais moi, je ne compte pas *déambuler* avec… plutôt danser.

– On s'en doutait bien, lui répondit sa mère en lui tendant, cette fois, une cassette préenregistrée.

Marie la glissa dans l'appareil et découvrit alors, pour son plus grand bonheur, l'un de ses thèmes de ballet favoris : le pas de quatre du *Lac des cygnes*. Repoussant sa chaise, elle se leva aussitôt.

– Alors là, dit-elle, sans se rendre compte qu'elle parlait fort, il y a quatre cygnes en tutus, qui arrivent sur scène en se tenant les mains, bras croisés. Elles font des petits sauts de chat et…

– Attends, ce sont des cygnes ou des chats ? demanda sa mère, faussement étonnée.

– Des cygnes !

– Des cygnes qui croisent les bras ? fit à son tour son père.

– Mais oui ! Laissez-moi vous montrer…

La jeune danseuse alla se changer précipitamment dans sa chambre pendant que ses parents écartaient la table et le tapis de la salle à manger. Moins de deux minutes plus tard, elle revenait, chaussée d'une paire de pointes et vêtue d'un tee-shirt moulant et d'un tutu de travail.

– Alors voilà, reprit-elle.

Elle démarra le mouvement latéral des danseuses qu'elle avait déjà vu plusieurs fois exécuté sur la grande scène de l'Opéra. Sans s'en rendre compte, elle fredonnait la musique. Ses parents échangèrent un regard : le cadeau avait assurément fait mouche. D'un côté à l'autre de la pièce, Marie se déplaçait avec précision, sans oublier les mouvements exacts de la tête qui tour à tour marquaient la direction.

– Bien sûr, c'est mieux quand il y a quatre danseuses… expliqua-t-elle au bout des presque deux minutes de chorégraphie.

Elle reprit son souffle quelques instants avant que ne démarre un nouveau thème musical.

– Oh non ! Ce n'est pas possible ! Encore plus génial !

Après Tchaïkovski, Marie reconnaissait les premières notes de violon du compositeur Adolphe Adam, dans un passage connu de son ballet *Giselle*.

– La danse des Willis ! s'écria-t-elle aussitôt.

Là encore, elle se mit rapidement en position et commença à exécuter les pas. Dans ce passage du ballet, les âmes errantes de jeunes filles condamnées à danser se déplaçaient en effectuant des mouvements d'arabesque. Malgré l'étroitesse de la pièce, Marie parvenait à rendre la dimension tragique de cette sombre histoire. Après de nouvelles secondes de silence à la fin du passage, un autre thème, plus gai et brillant cette fois, parvint à ses oreilles. Il s'agissait de l'entrée du personnage de Kitri, dans *Don Quichotte*. Se lançant avec brio et légèreté, elle prit aussitôt sa place et sourit aux villageois invisibles tout en agitant un éventail imaginaire. À la fin d'un petit morceau de bravoure, elle finit par retomber essoufflée sur sa chaise.

– C'est super ! dit-elle en ôtant son casque. Je suis tellement contente ! Je vais pouvoir emporter mes musiques de ballet partout désormais… Et danser dans ma chambre, au parc, dans la rue…

– Et apparemment tu ne vas pas te gêner, répondit son père. Je sens que tu vas transformer Paris en décor de comédie musicale. En tout cas je suis content : j'ai l'impression qu'on ne s'est pas trop trompés avec ce cadeau.

– Tu as le droit aussi à la musique pop et à la variété, si tu veux, hein ! précisa sa mère.

– Et tu as le droit… de manger ton gâteau, poursuivit Jacques Pietro en riant. Parce que, après tout, on ne l'a même pas encore goûté. Allez, fais un vœu, invita-t-il encore sa fille, en la voyant sur le point de prendre enfin une bouchée.

Marie ferma les yeux un instant. Dans sa tête, les mots scintillaient déjà : « Être prise cette année dans le corps de ballet… » Puis elle posa un index sur ses lèvres, comme si elle scellait son secret. Mais ni son père ni sa mère n'eurent besoin de lui demander ce qu'elle avait demandé aux dieux ou au destin car chacun d'eux connaissait l'ardent désir de la danseuse.

– Au fait, j'allais oublier ! s'écria soudain le père de Marie.

Chaque année, il photographiait leur trio familial après avoir installé son appareil sur un pied.

– Attention, j'appuie sur le retardateur… prévint-il quelques minutes plus tard en rejoignant sa fille et son épouse devant la cheminée.

Le flash se déclencha et le déjeuner se termina ainsi, sur une belle note d'espoir et dans l'énergie joyeuse que Marie avait impulsée.

12

– Une master class samedi matin ? J'y serais bien allée, mais le médecin m'a recommandé de faire très attention à mon rythme de sommeil, cette année. Je ne dois en aucun cas forcer…

En ce jeudi matin de la mi-mai, assise à la table centrale de la salle à manger, Aurore Bessier pérorait, comme chaque fois ou presque, à la même heure. Autour d'elle, trois admiratrices fidèles ponctuaient ses paroles de hochements de tête pleins de déférence. Marie et Joséphine étaient assises à une autre table, soigneusement à l'écart de ce petit groupe. En entendant Aurore, elles se regardèrent en réprimant un éclat de rire. Marie chuchota :

– Pas mal comme excuse pour faire la grasse matinée, je trouve.

– Et pour ne pas avoir l'air d'être une flemmarde et une ignorante, ajouta Joséphine.

– À vrai dire, fit Marie, je suis ignorante aussi. Je ne sais pas vraiment qui est ce Loris Léjart, qui doit donner ce cours magistral… Euh, je devrais dire cette *master class*, comme Aurore, ça fait plus chic !

Joséphine pouffa :

– Eh oui, ma chère, on est des *dancers* de la *School of the Opéra of Paris*… Et on ne suit pas des cours, mais des *master class*, qu'est-ce que tu crois !

– Alors, c'est qui le maître… euh… je veux dire le *master* en question ?

– Eh bien c'est tout simplement le pape de la danse moderne. Tiens, je devrais dire plutôt le *pope master of modern dance*. Il a appris la danse classique, mais depuis il invente un nouveau style.

– Et c'est quoi, ce nouveau style ?

– Si j'ai bien compris, on garde les pointes, mais on change presque tout le reste.

– Eh ben, c'est bien dommage qu'on garde les pointes. On devrait carrément danser pieds nus, on aurait moins mal aux pieds et ça nous ferait des économies de sparadrap !

– Tu as raison. On va lui proposer ça, au *pope master*… Bon, mais sans rire, je crois que ce qu'il fait est très intéressant.

– C'est vrai ? Alors je suis passée complètement à côté…

– En fait j'ai eu la chance de voir un truc magnifique à la télé : un beau… euh… Un héros… euh… un beau héros…

– Ce ne serait pas un boléro, ton truc, par hasard ?

– Oui… Quelque chose comme ça.

– Dans ce cas, ce n'est pas de la danse, c'est une musique. Mon père me la faisait souvent écouter quand j'étais petite. *Le Boléro* de… de qui déjà ? Zut ! Je ne m'en souviens plus. Mais tu l'as sûrement entendue aussi. Elle est hyper connue. On a l'impression d'un serpent qui tourne, qui tourne, qui n'arrête pas de tournoyer.

– Brrr ! Un serpent ! En tout cas, c'était bien ça : un boléro. Avec une chorégraphie tournoyante, comme tu dis.

– Alors je vais pouvoir me coucher moins bête ce soir ! conclut Marie.

Les deux jeunes filles coulèrent un regard vers Aurore. Elle avait terminé son petit déjeuner et venait d'esquisser un geste vers son plateau. L'une de ses admiratrices se précipita aussitôt pour l'aider à l'enlever. Elsa et Marie avaient déjà assisté plus d'une fois à ce genre de scène, mais cela ne les empêchait pas de s'interroger chaque fois : comment cette fille parvenait-elle encore à avoir ainsi sans cesse un groupe de fans ? D'où venait son pouvoir d'attraction ? Issue de ses souvenirs d'école primaire, une image fugace traversa l'esprit de Marie : celle d'une reine au milieu de ses suivantes, telle la reine des abeilles servie par ses ouvrières…

Le soir même, Marie s'attardait à la bibliothèque afin de se documenter sur le chorégraphe. Les journaux et magazines évoquaient le travail de Léjart en termes élogieux, soulignant son audace et son ouverture d'esprit. « Son style, avait-elle lu, dépoussière la danse ! » Il avait inventé quelque chose de nouveau, un langage qui exigeait des danseuses une technique classique impeccable, mais qui leur permettait aussi de se mouvoir d'une manière totalement inattendue. La danse moderne, en somme. On disait de lui qu'il faisait partie des créateurs français de tout premier plan, mais il n'était pas facile de le rencontrer car il s'était installé à Bruxelles et ne faisait que de courtes incursions à Paris, avec sa compagnie. Alors une leçon du maître, organisée tout spécialement pour un groupe d'élèves privilégiés de l'École de danse… Marie avait terriblement hâte de découvrir ce que c'était !

Deux jours plus tard, ils étaient une cinquantaine de danseurs, filles et garçons, à être présents dans la grande salle que l'on avait mise à la disposition du chorégraphe. Un peu intimidée, Marie réalisa que des membres de la compagnie s'étaient joints aux élèves de sa section. En attendant l'arrivée de Léjart, tout le monde se préparait en effectuant machinalement quelques mouvements pour s'assouplir. Chacun avait ses tics : chauffer ses articulations, incliner son cou de gauche à droite en faisant descendre la tête le plus bas possible vers une épaule, puis vers l'autre, tendre ses pointes de pieds, nouer et renouer les rubans de ses chaussons…

– Il paraît qu'il n'est pas commode, fit une voix que Marie connaissait bien.

Elle se retourna et découvrit avec bonheur son ami Lancelot, son partenaire de cœur.

– Tu es là toi aussi ? C'est génial !

– Tu penses ! Je n'aurais raté ça pour rien au monde.

Les deux amis ne s'étaient guère vus durant l'année car, en raison d'une mauvaise fracture, Lancelot était resté plusieurs mois sans danser. Depuis quelques semaines seulement, il avait repris les cours et s'efforçait de rattraper le niveau de son groupe.

– Et comment tu sais qu'il n'est pas commode ? reprit Marie.

Les articles qu'elle avait pu lire ne mentionnaient rien du caractère du chorégraphe, si bien que Marie ne connaissait de lui que l'image publique et vernie des magazines de papier glacé. Pourvu qu'il ne soit pas l'un de ces chorégraphes tempétueux qu'il arrivait de croiser à l'Opéra !

– C'est ce que j'ai entendu dire, répondit Lancelot. Il paraît que c'est une main de fer dans un gant de velours. Il ne dit rien et ensuite, tout à coup, il est capable de t'envoyer une vacherie pas possible, devant tout le monde… Et il paraît aussi qu'il se met facilement en colère, même si on n'a rien fait. Mais toi et moi, on est des durs à cuire, finit-il en voyant son amie froncer les sourcils. Ne t'inquiète pas.

La porte de la salle s'ouvrit au moment où il finissait de parler. Il y eut immédiatement un léger frémissement suivi d'un silence respectueux. Le chorégraphe était précédé de la directrice de l'école, Claude Bessier. Tous deux allèrent se placer devant les danseurs, dos au miroir. Après un regard à la ronde, la directrice prit la parole :

– Jeunes filles, jeunes gens, nous avons aujourd'hui l'immense fierté de recevoir la visite de Loris Léjart. Nul besoin de vous rappeler, je pense, qu'il est un chorégraphe actuel de tout premier plan dans le monde. C'est donc un honneur de l'inviter entre nos murs et je crois que nous pouvons d'ores et déjà le remercier d'avoir dégagé un moment pour nous dans son emploi du temps surchargé.

Elle s'écarta du chorégraphe et, tournée vers lui, se mit à l'applaudir. Les élèves s'empressèrent de l'imiter. Marie était impressionnée par l'imposante stature de Loris Léjart. Quel âge pouvait-il avoir ? Se produisait-il toujours sur scène ? Sans doute, car il avait exactement la même prestance qu'un jeune danseur, la démarche souple, le port de tête haut. Il était vêtu d'un tee-shirt à manches courtes blanc et moulant, ainsi que d'un pantalon noir souple.

Il avait également enfilé des chaussons de danse jazz assortis à son pantalon. Un petit foulard rouge et inattendu était noué autour de son cou. Sous son front impassible, une paire d'yeux bleu acier fixait le groupe avec gravité. Le bas de son visage se parait d'une originalité : moustache et barbe courte encadraient sa bouche.

« Tenue académique, mais allure d'artiste libre », nota Marie en son for intérieur.

Claude Bessier reprit la parole :

– Beaucoup d'entre vous l'ignorent, mais une partie de la formation de Loris Léjart s'est déroulée exactement ici, dans notre prestigieuse Maison où il a étudié plusieurs années. Je crois que nous pouvons nous enorgueillir de cela !

Tout le monde applaudit à nouveau.

– Cher maître et cher Loris, dit-elle encore en se tournant vers lui, je vous présente un groupe d'élèves de première division. Comme vous le savez, ils effectuent donc leur dernière année à l'école et aspirent tous à rester l'année prochaine entre les murs du palais Garnier. S'ils sont reçus au concours, dans deux mois, ce sera le cas : ils seront engagés comme danseurs professionnels au sein du corps de ballet de l'Opéra… Mais c'est une autre histoire. Allez ! Trêve de bavardage. Il est dix heures trente passées. Je ne voudrais pas voler du temps sur votre cours.

Elle se tourna à nouveau vers les élèves.

– Jeunes filles, jeunes gens, vous allez pouvoir bénéficier durant deux heures de l'enseignement de Loris Léjart. Profitez-en pour apprendre autant que vous le pourrez. Vous le savez déjà, le « style Léjart » est différent de nos cours académiques. Vous n'en aurez pas usage lors du concours de fin d'année, mais c'est une nourriture chorégraphique qui va vous enrichir, j'en suis absolument certaine. Quant à moi, je reste ici pour en profiter également, avec mes yeux, et pour apporter mon assistance si besoin est. Bonne leçon à toutes et à tous !

Elle prit place sur l'un des sièges destinés aux enseignants, tandis que Loris Léjart, d'un simple hochement de tête, demandait au pianiste de plaquer ses premiers accords. Au grand étonnement de tous, le cours démarra par une barre sans surprise. Pliés… tendus… Relevés… Retirés… Dégagés… Ronds de jambe… Petits et grands battements… Le maître montrait une fois les mouvements et aussitôt les danseurs enchaînaient sans la moindre difficulté, habitués qu'ils étaient à ce type d'échauffement. Au début cependant, ils échangèrent des regards à la dérobée. Pourquoi Léjart avait-il commencé ainsi ? Quand allait-il leur faire découvrir la fameuse gestuelle moderne qu'on leur avait annoncée ? Et pourquoi se taisait-il ? Il les avait salués d'un étonnant mouvement des bras, paumes ouvertes dans leur direction, mais il n'avait pas ouvert la bouche. Il se contentait de se déplacer à travers la salle pour corriger une posture ou une autre. Au fur et à mesure que les minutes passaient, une légère tension, due à l'incertitude, commençait à se faire sentir. En reprenant position à la verticale après un cambré arrière, Marie découvrit le chorégraphe debout juste devant elle. Il ne faisait pas un geste, se contentant de l'observer de ses yeux perçants. Aussitôt, Marie s'interrogea. Allait-il lui lancer l'une de ces « vacheries » dont avait parlé Lancelot quelques minutes plus tôt ? Une fois l'exercice terminé, il y eut quelques secondes de flottement durant lesquelles Marie s'attendait au pire, car Loris Léjart restait campé devant elle, sans bouger. Puis il se contenta de s'éloigner sans un mot. Après la barre et le milieu, le maître alla échanger quelques mots à voix basse avec Claude Bessier. Dans l'attente de la suite, les danseurs s'interrogeaient. Allait-il éliminer quelques-uns d'entre eux avant la deuxième partie de la master class, comme s'il s'agissait d'une audition ? Allait-il révéler tout à coup le caractère tumultueux que la rumeur lui prêtait ?

La voix posée et plutôt chaleureuse du maître chorégraphe s'éleva enfin.

– Pardonnez-moi, dit-il, souriant soudain avec simplicité. Depuis tout à l'heure je me taisais non pas pour vous impressionner mais pour ménager ma voix. Vous avez dû remarquer mon foulard... Il se trouve que depuis quelques jours, elle est menacée d'extinction. Je n'ai jamais été aussi enroué. Alors comme j'ai deux ou trois émissions de radio et interviews à faire... je m'économise.

On entendit des petits rires. C'était donc ça ! Le maître était enroué et craignait de perdre la voix ! Marie et ses camarades se sentirent instantanément soulagés. Ce maître de la chorégraphie n'était pas forcément un monstre d'inhumanité.

C'est alors que Loris Léjart commença à instiller dans son cours l'originalité de son langage corporel. Il fit d'abord travailler les garçons auxquels il demanda de sauter haut et loin, en occupant la salle dans tous les sens.

– Donnez de l'ampleur à vos mouvements ! demandait-il de sa voix enrouée. Ce qui m'intéresse n'est pas que vos pointes de pieds soient tendues… Je veux sentir une intention puissante, qui vous guide et qui vous élève… Comme si vous vouliez rester en l'air et nous laisser cette image de vous, dans les airs… Pensez à une photo ! Allez ! Soubresaut croisé… échappé croisé… et maintenant sautez, sautez, sautez, sautez !

L'exercice dura plusieurs minutes avant que les jeunes danseurs essoufflés ne soient autorisés à s'interrompre.

– Hou là là… Ça n'a pas l'air facile… murmura Marie pour elle-même.

– Et nous, t'imagines ce qu'on va avoir ? chuchota l'une de ses camarades, à côté d'elle.

– À votre tour, mesdemoiselles ! lança le chorégraphe. Allez, allez ! Un peu plus vite, je vous prie…

Il demandait aux filles de faire la même chose que les garçons ! Tout le contraire des règles habituelles de la danse académique. Debout en quinconce dans la salle, les jeunes danseuses se lancèrent dans les sauts et les cabrioles demandés. Marie termina essoufflée et la tête bourdonnante, mais le rythme du cours s'accélérait.

– Les garçons, vous rejoindrez vos camarades au milieu, ordonna Léjart. Que chacun choisisse un endroit dans la salle, pas forcément face à moi. Pensez à un public imaginaire, juste devant vous.

Obéissant à cette consigne étrange, filles et garçons se placèrent donc en quinconce dans la salle. Certains étaient de face, d'autres, de profil, de trois quarts ou carrément dos au chorégraphe. En se dirigeant vers la place qu'elle avait choisie, Marie porta machinalement les mains à sa tête et tenta de desserrer un peu les épingles de son chignon.

– Alors pour la coiffure et le maquillage, ce sera plus tard… ironisa aussitôt le professeur.

Marie baissa les bras immédiatement.

– Oui, vous avez bien entendu, c'est à vous que je parle, continua Loris Léjart. Nous sommes ici pour danser, pas pour faire des falbalas.

Marie se pinça les lèvres, tandis que le rouge lui montait aux joues. Elle allait donc être la première à subir l'exaspération du maître…

– En même temps… reprit Léjart, dubitatif, en même temps, c'est un mouvement intéressant, ces bras élevés à hauteur de tête. Refaites-le donc, pour voir, mademoiselle.

Marie s'exécuta.

– Oui, c'est ça… les bras légèrement en arrière, comme vous faites… Je voudrais voir ce que ça donne quand tout le monde le fait. Montrez-moi ça, mesdemoiselles, je vous prie !

Les camarades de Marie l'imitèrent aussitôt.

– Et vous aussi, jeunes gens, montrez-moi donc ce que ça donne.

Les garçons accomplirent à leur tour les gestes de Marie.

– Très bien. Maintenant déplacez-vous à travers la salle. Je veux que vous vous effleuriez, sans aller jusqu'à vous toucher. Les filles, vous marchez à plat et de temps en temps sur vos pointes. Les garçons vous avancez de la même manière, sur demi-pointes quand vous en éprouvez l'envie. Mais tous avec les bras en l'air ainsi, légèrement pliés vers l'arrière de la tête… Un mouvement à l'antique, si je puis dire. Et un… et deux… Oui, c'est cela. Très intéressant… Ajoutez des gestes inattendus, je vous prie, des ralentis et des accélérations au moment où vous le sentez le mieux… Surprenez-moi.

Au fur et à mesure que les danseurs suivaient les consignes données, un tableau original et inattendu se mettait en place. La tension qui régnait encore quelques minutes plus tôt s'était évanouie pour laisser place progressivement à une énergie positive et pleine de profondeur. Les danseurs marchaient, glissaient, accéléraient jusqu'à courir avant de ralentir. Chacun d'eux se montrait à la fois attentif aux autres et désireux d'obéir scrupuleusement aux attentes du maître. Rassurée par cette ambiance, Marie s'amusait presque à exécuter les mouvements.

– Bien, très bien, lança Loris Léjart avec un grand sourire de satisfaction. Laissez-moi vous proposer maintenant un nouvel exercice. Vous démarrez en sixième position, assis sur vos talons, tête et torse rentrés et repliés sur les genoux…

Aussitôt les danseurs prirent la position demandée.

– L'ensemble du corps est centré autour du nombril… Comme si vous vous limitiez à cette seule partie du corps… poursuivit le chorégraphe. Vous devez vous sentir minuscules, comme au centre d'une fleur dont vous êtes le pistil…

Marie n'avait jamais encore entendu de telles consignes.

– Levez-vous maintenant et déplacez-vous en désordre, dans l'espace, en conservant de bout en bout ce sentiment de petitesse… Ouvrez et refermez-vous… Étendez vos bras puis ramenez-les comme si vous refermiez vos pétales… Utilisez vos demi-pointes et pointes malgré tout pour vous redresser, marcher puis vous refermer à nouveau… Je ne veux plus voir des êtres humains mais des plantes qui s'épanouissent puis se referment tour à tour… Laissez-vous guider par la musique.

Il fit un signe au pianiste qui se mit à jouer les premières notes d'une pièce de musique contemporaine pleine de mystère. Les lignes mélodiques succédaient à des silences, selon un rythme aléatoire. D'abord déconcertée, Marie se lança bientôt dans l'improvisation demandée. Les consignes du maître lui avaient d'abord semblé étranges, mais elle finissait par les comprendre. Elle étendit les bras vers le plafond et dans le même mouvement monta sur ses pointes, les pieds toujours réunis à la parallèle, en sixième position. Son corps forma une longue ligne évoquant un arbre frêle et tendu vers le ciel, mais l'image fugace fut très vite remplacée par la précédente, lorsqu'elle se recentra à nouveau sur elle-même.

– Tu peux encore le faire différemment, dit soudain la voix du maître tout près d'elle. Est-ce que tu vois comment ?

Elle releva la tête et découvrit le bleu intense de ses yeux fixés sur elle. Il la scrutait avec tant d'attention que Marie aurait pu en être déstabilisée, mais sous le regard et le nez busqué, un sourire franc adoucissait les paroles.

– Alors, reprit-il, quelle proposition vas-tu faire ?

Marie se remit en position et maintint son front et sa tête penchés sur ses cuisses. Au lieu de lancer ses bras en avant pour s'élever tout entière à la verticale, elle les lança cette fois derrière elle et les souleva, mains écartées et coudes vers l'extérieur, comme si deux branches poussaient soudain de chaque côté du tronc que son corps symbolisait.

– Bravo ! fit Joris Lézart. Et tes pieds, ils ne bougent pas ?

En guise de réponse, Marie monta sur ses pointes, les deux pieds parallèles.

– Excellent ! applaudit le maître. Tu m'as parfaitement compris !

Marie sourit à son tour. Il était si rare de recevoir des compliments des professeurs et des répétiteurs de l'école. Et quelle joie de se sentir libre de faire bouger son corps selon une impulsion qu'elle était seule à lui donner. Les demandes formulées par le chorégraphe n'avaient plus rien de contraignant, au contraire, elles étaient devenues des appuis à partir desquels la jeune danseuse et ses camarades s'exprimaient avec une liberté rarement égalée.

L'improvisation dura ainsi quelques belles et longues minutes qui prirent fin dans la douceur de gestes ralentis, au fur et à mesure que la musique s'atténuait jusqu'au chuchotement. Tout le monde comprit alors que le cours venait de se terminer. Une longue suspension de silence suivit. Puis Claude Bessier se leva et se mit à applaudir, manifestement conquise. Les jeunes danseurs l'imitèrent bientôt, les yeux pleins de reconnaissance. Le monstre colérique annoncé par les mauvaises langues ne s'était pas manifesté. À sa place, un chorégraphe aventureux leur avait permis d'exprimer leur créativité, en explorant l'espace d'une manière inattendue. Dans la tête de Marie, la master class avait ouvert d'immenses perspectives. Quel art, quelle originalité ! Et aussi quelle gentillesse !

« *Moi aussi,* se promit-elle, *j'inventerai des pas et des chorégraphies un jour... Je veux faire comme lui, avoir cette liberté incroyable...* »

13

Mademoiselle Renucci choisit l'heure du repas pour venir annoncer aux élèves de première division que la date du concours avait été fixée. En la voyant entrer, tous les élèves s'arrêtèrent aussitôt de manger.

– Cette année, le concours d'entrée dans la troupe de l'Opéra de Paris aura lieu le jeudi 5 juillet, annonça-t-elle sur un ton plein de gravité. Vous passerez sur la scène du palais Garnier entre onze heures et treize heures trente.

À ces mots, un courant électrique sembla traverser la cantine.

– Le concours comporte une première épreuve éliminatoire consistant en un cours de danse, continua mademoiselle Renucci.

Les candidats retenus à ce stade devront présenter ensuite une variation imposée. Pour les danseuses, il s'agira cette année du prologue de *La Belle au bois dormant* d'après Marius Petipa, avec la variation de la fée. Pour les garçons, la variation sera celle d'Albrecht, dans l'acte deux du ballet *Giselle*. Seuls les danseurs et danseuses âgés de seize ans à cette date et titulaires du diplôme du brevet pourront se présenter. Sachez encore que dans la catégorie des femmes, sept postes sont à pourvoir dans la compagnie. Dans la catégorie des hommes, il y en a cinq. Bien entendu, les décisions du jury ne se discutent pas et sont irrévocables.

Elle s'interrompit pour balayer la salle du regard et conclure :

– Je vous souhaite bonne chance à tous.

Elle quitta les lieux en laissant les élèves estomaqués. Tous échangeaient des regards, mais aucun d'eux n'avait plus d'appétit. Ils avaient beau savoir que la fin de l'année approchait, l'annonce officielle de mademoiselle Renucci leur avait fait un choc. Désormais, il ne restait plus qu'un mois de travail avant le jour fatidique.

Marie avait du mal à analyser ses propres sentiments. Sans doute parce qu'elle espérait cette date autant qu'elle la redoutait. Jusque-là, elle avait passé des examens, année après année. Cette fois, elle devait réussir à faire partie des sept meilleures danseuses de sa promotion. Faute de quoi… Faute de quoi, elle devrait appeler ses parents la mort dans l'âme, pour leur annoncer la mauvaise nouvelle. « J'ai raté le concours… Je ne suis pas prise dans le corps de ballet… » Faute de quoi, bien entendu, elle devrait le dire aussi à Tina… Mais jamais son amie ne pourrait la consoler, car elle serait totalement anéantie par son échec… Ne voulant pas céder à l'anxiété, Marie releva la tête. Autour d'elle, comme pour conjurer le sort, certaines danseuses imaginaient par avance les suites d'un possible échec. « Si jamais je ne l'ai pas, je pourrai toujours repasser le concours l'année prochaine », se rassuraient-elles. « On peut aussi devenir professeurs de danse, si on n'est pas engagées. Il paraît que les anciens petits rats trouvent tous les cours à donner qu'ils veulent, dans les écoles de danse et les conservatoires… Avec notre niveau, on est très recherchées… » Tous ces scénarios en disaient long sur la peur qui commençait à étreindre les jeunes danseuses. Marie, elle, repensa un instant à ses années d'école écoulées. Les premières, surtout, quotidiennement teintées d'insouciance. C'est après que l'enjeu final s'était précisé et avait alourdi l'ambiance générale des cours. Et voilà qu'une sixième et dernière année allait bientôt se conclure. Elle prit une grande inspiration. Plutôt que de penser au pire, elle préféra tourner son esprit vers la route lumineuse qui pouvait s'ouvrir à elle.

Les phrases qui l'avaient accompagnée au fil des ans lui revinrent l'une après l'autre… Celles de son père : « Quand on veut fortement, constamment, on réussit toujours. » « Le plus important, c'est d'essayer. Inutile d'avoir peur trop tôt, mon ange, ça fait battre le cœur trop vite pour rien. » Mais aussi celle plus récente de Geneviève : « Que de progrès, tu danses superbement bien ! » Certes, la tension venait brusquement de monter d'un cran, mais à condition de se donner à fond le jour et le moment venu, tout, une nouvelle fois, devenait possible.

Les trente journées suivantes filèrent à la vitesse de la lumière. Pendant les cours avec leurs professeurs, mais aussi hors des cours, dans les couloirs, les vestiaires, les chambres et même jusqu'aux douches, les aspirants danseurs du corps de ballet travaillaient la variation du concours. Le jeudi 5 juillet était devenu plus qu'un objectif : c'était pour toutes et tous une véritable obsession. Même Aurore semblait avoir désarmé pour se consacrer à la préparation de ce jour décisif. Marie, comme ses camarades, ne pensait à rien d'autre. Elle ne voyait que cette ligne d'arrivée au loin, à l'horizon. Au printemps déjà, elle avait à peine remarqué l'éclosion des fleurs de marronniers et des cerisiers du Japon qui égayaient les boulevards entre son foyer et l'Opéra. Mais elle était tellement concentrée qu'elle s'apercevait encore moins de l'explosion de chlorophylle à l'heure de l'entrée dans l'été. Seule comptait la danse, la danse et encore la danse, du matin au soir et jusqu'à l'épuisement.

La semaine du concours arriva.

– Tu es prêt ? demanda Marie le lundi matin à Lancelot, en le croisant dans un couloir.

– Et toi ? répondit-il.

La jeune danseuse ne savait quoi répondre. Elle connaissait les pas attendus et savait les exécuter sans faute et sans même avoir recours à sa mémoire, tant ils s'étaient inscrits en elle. D'abord une révérence profonde, puis une série de piqués et d'arabesques avant d'effectuer une attitude et un tour… Elle connaissait chaque subtilité : tour en dedans, tour en dehors, développé, détourné, piqué… Mais était-elle prête ? Elle demeurait incapable de l'affirmer.

Il y avait les pas, les postures, le sens musical, l'interprétation… tant de choses entraient en jeu !

Le mardi, Marie eut la joie de recevoir un courrier de ses amies Émilie et Elsa. Elle se mordit les lèvres en sortant de l'enveloppe leur carte couverte de cœurs. « On pense à toi ! » Durant les dernières semaines, elle n'aurait pu en dire autant. Le mercredi, un autre paquet lui fut remis. Marie découvrit à l'intérieur la photo prise lors de son anniversaire, et que Jacques Pietro avait fait encadrer. Debout entre ses deux parents, la jeune danseuse souriait à l'appareil. Derrière elle, l'une des étoiles de la guirlande offerte par Tina semblait posée sur sa tête… Enfin, le soir, Tina lui téléphona.

– Tu te souviens, lui rappela-t-elle, tu as en toi beaucoup de force… La victoire est à portée…

– … de pointes ?

– Oui. Oups ! J'allais dire à portée de sabots ! conclut Tina, dont le rire parut alors à Marie le meilleur des soutiens.

14

Tchikiiiiii... Marie s'était éveillée, la tête en feu, à cinq heures du matin. Avoir la migraine justement ce jour-là… C'était impossible ! Le concours allait avoir lieu trois heures plus tard et elle ne voulait pas et ne pouvait à aucun prix rater ce moment. Le jury n'attendait personne.

« Quelle poisse ! » se désola-t-elle en s'asseyant précautionneusement sur son lit.

Elle avait connu à trois ou quatre reprises la migraine par le passé, mais cette fois la pression sur son crâne s'accompagnait de troubles de la vision. Marie croyait voir des points noirs vibrer sur ses pupilles. Que pouvait-elle faire ?

Elle se dirigea en clignant des yeux vers la douche. Peut-être la chaleur de l'eau lui apporterait-elle un peu de réconfort ? Quelques minutes plus tard, elle s'écroulait à nouveau sur son lit, après avoir avalé deux aspirines. Il ne lui restait plus qu'à croiser les doigts, en espérant que cet affreux nuage s'efface à temps…

La jeune ballerine quitta le vestiaire et alla patienter dans les coulisses. Elle allait apparaître côté jardin, marcher gracieusement

jusqu'au centre de la scène, puis se fendre en une belle révérence. Elle démarrerait ensuite, aux premières notes de violon. Mais comment allait-elle pouvoir danser alors que le sang battait dans ses tempes et que sa tête lui donnait l'impression d'un gros ballon étrangement relié à son corps ? La jeune danseuse se demandait par quel miracle elle avait réussi à passer la première épreuve du cours de danse alors qu'elle se rappelait s'être agrippée à la barre comme à une bouée. Et maintenant, l'heure de la variation était arrivée. Sur scène, Aurore la précédait. Quelle ironie que sa pire concurrente soit passée ainsi juste avant elle, au concours d'entrée comme au dernier !

– Il y aura beaucoup d'appelées et peu d'élues… lui lança cette dernière en regagnant les coulisses, dans un chuchotement plein de méchanceté.

– Maïka Pietro !

Marie vacilla un bref instant avant de se ressaisir. *« Non, non et non ! Pas question de me laisser aller… Tout est affaire de volonté ! »*

se dit-elle. Ce n'était pas la première fois qu'elle mettait ainsi son corps au défi. *« Je ne peux pas être arrivée jusqu'ici pour rien... »* Elle alla se présenter au jury. *« Après tout,* se persuada-t-elle, *il suffit que je voie les choses autrement. Ce n'est pas une migraine, mais un simple mal de tête... Un petit défi. Et j'en ai relevé bien d'autres... »* Marie s'avança dans la lumière des projecteurs. Elle se pencha pour effectuer sa révérence et prit une grande inspiration en se redressant. Combien de jurés y avait-il devant elle ? Marie leur adressa un bref sourire, ainsi qu'à tous les spectateurs invisibles qu'elle imaginait. Elle était prête à danser, prête à se lancer et à donner le meilleur d'elle-même ! Car elle le savait : ce moment constituait un privilège.

15

Le temps s'était arrêté. Les minutes n'en finissaient plus de passer, seconde après seconde. Il y avait eu l'attente à la fin du concours, puis ce bruissement si doux à l'oreille : « Première : Maïka Pietro ! Félicitations ! » L'écho des mots rebondissait autour d'elle, pendant que son cœur dansait la sarabande. Puis doucement, lentement, les sons s'étaient atténués. La vie s'était transformée en un film au ralenti. Les paroles des personnes autour d'elle s'étaient muées en bulles légères et bourdonnantes. Marie ignorait si elle avait ou non crié, si elle avait ou non pleuré.

Autour d'elle, ses camarades, tout sourires, s'étaient rassemblées – du moins celles qui se réjouissaient véritablement de son succès. Mademoiselle Renucci était venue la prendre par la main et l'avait emmenée jusqu'à son bureau. Là, elle avait téléphoné aux Pietro car Marie, trop tremblante, était incapable de composer le numéro de ses parents elle-même. Marie ne se souvenait plus de ce qu'elle avait dit, mais elle se rappelait l'explosion de joie de Jeanne et de Jacques, au bout du fil. Puis la Grande Mademoiselle l'avait rejointe pour lui annoncer encore une autre merveilleuse nouvelle : « Maïka, non seulement vous faites maintenant partie de la troupe, vous êtes officiellement membre du corps de ballet, mais j'ai eu un message de Loris Léjart : il vous veut comme danseuse principale dans sa prochaine création ! Je crois bien que vous allez commencer votre carrière par un départ en tournée. Votre carrière est lancée, ma très chère, comme une véritable fusée… »

Et maintenant, elle se trouvait là, dans sa chambre, allongée, le regard tourné vers le plafond. La voie lactée se profilait là-haut, bien au-delà du toit de son immeuble. Il suffisait de regarder. Une nouvelle route s'ouvrait dans le ciel des possibles. Cette route qu'elle avait aperçue déjà, alors qu'elle faisait encore ses premiers pas de petit rat à l'École de danse… Alors que déjà, sur le toit du palais Garnier, elle conversait avec les étoiles…

Annexe

LE THÉÂTRE BOLCHOÏ DE MOSCOU

Dans ce tome, nous apprenons qu'Elsa et Émilie Golovinoff sont bloquées à Moscou, en Russie. Elsa annonce à Marie que sa mère souhaite l'inscrire à l'école de danse du Bolchoï pour qu'elle puisse continuer son apprentissage sans prendre de retard…

Mais qu'est-ce donc que le ***Bolchoï*** *?*

Le théâtre du Bolchoï a été construit en 1825, à l'emplacement de l'ancien théâtre Petrovsky, qui avait été ravagé par un incendie vingt ans plus tôt. *Bolchoï* signifie « grand théâtre » ; ce lieu sera le témoin d'innombrables premières historiques, dont le célèbre ballet *Le Lac des cygnes*, de Tchaïkovski, en 1877.

Situé au centre de Moscou, non loin du Kremlin (qui était la résidence des tsars, devenu aujourd'hui la résidence officielle et le lieu de travail du président de la fédération de Russie), le Bolchoï abrite également, comme le palais Garnier, une prestigieuse école de danse où des petits rats sont formés pour intégrer la troupe de ballet. Les élèves étrangers sont les bienvenus, mais il est indispensable de savoir parler la langue du pays, car tous les cours sont en russe !

Maya Plisetskaya, l'idole de Marie, est née à Moscou et a intégré l'école de danse du théâtre du Bolchoï en 1934, alors qu'elle n'avait que neuf ans. Elle fut diplômée de l'école à ses dix-huit ans et entra alors au Ballet du Bolchoï.

En 1962, elle est nommée *prima ballerina assoluta* (cela veut dire « première ballerine absolue » en italien). Très rares sont les danseuses à obtenir ce titre. Maya a été reconnue pour la hauteur unique de ses sauts, la fluidité de ses bras, sa technique des plus époustouflantes liée à l'expression la plus dramatique.

Table des matières

Direction littéraire
Laurie Beck

Composition
PRESS·PROD

IMPRIM'VERT® PEFC 10-31-1510

Imprimé en France
par Corlet Imprimeur
14110 Condé-en-Normandie
N° imprimeur : 204087
Dépôt légal : juin 2019
ISBN : 978-2-7499-3331-3
LAF : 2416 E